西葡拉美
幻想文学经典

Nadie encendía las lámparas
Felisberto Hernández

无人亮灯

[乌拉圭] 费利斯贝托·埃尔南德斯 —— 著

周妤婕 侯健 —— 译

人民文学出版社
PEOPLE'S LITERATURE PUBLISHING HOUSE

图书在版编目(CIP)数据

Felisberto Hernández
Nadie encendía las lámparas

Simplified Chinese edition copyright © 2023 by
Shanghai 99 Readers' Culture Co., Ltd.
All rights reserved.

图书在版编目(CIP)数据

无人亮灯/(乌拉圭)费利斯贝托·埃尔南德斯著;
周妤婕,侯健译. —北京:人民文学出版社,2023
(西葡拉美幻想文学经典)
ISBN 978-7-02-017664-9

Ⅰ.①无… Ⅱ.①费… ②周… ③侯… Ⅲ.①短篇小说-小说集-乌拉圭-现代 Ⅳ.①I782.45

中国版本图书馆 CIP 数据核字(2022)第 237105 号

责任编辑　朱卫净　周　展
装帧设计　汪佳诗

出版发行　人民文学出版社
社　　址　北京市朝内大街 166 号
邮政编码　100705

印　　刷　山东新华印务有限公司
经　　销　全国新华书店等

字　　数　96 千字
开　　本　890 毫米×1240 毫米　1/32
印　　张　5.25
版　　次　2023 年 2 月北京第 1 版
印　　次　2023 年 2 月第 1 次印刷

书　　号　978-7-02-017664-9
定　　价　49.00 元

如有印装质量问题,请与本社图书销售中心调换。电话:010-65233595

西葡拉美
幻想文学经典

西葡拉美幻想文学经典
丛书总序

一四九二年,在踏上"新大陆"的土地后,哥伦布曾发出这样的赞叹:"新大陆是福地乐土,是天府之国,印第安人是高尚的野蛮人。"这种对"新大陆"和印第安人的理想化、乌托邦式的描述无疑很大程度上出自哥伦布的想象;与此同时,印第安人则把这些赠予他们玻璃珠、铃铛等物的外来者视作神的使者。从某种意义上来看,可以说新旧大陆的文化最初就是以"幻想"为媒介建立起联系的。

二〇一一年,马里奥·巴尔加斯·略萨在布宜诺斯艾利斯书展上演讲时这样说道:

"在长达三个世纪的殖民时期里,所有小说类作品在西班牙在美洲的殖民地中都被禁止流通。在那三百年间,虚构文学作品在美洲殖民地既不能被编辑出版,也不能从海外引进。[……]这种封禁给拉丁美洲带来的既不幸又幸运的后果之一就是:由于最擅长展现虚构能力的文学类型——小说——受到了限制,而我们人类又无法离开想象而生活，作为补偿，我们就把虚构浸透到了所有事物上：宗教自然包括在内，但还包括世俗团体、法律、科学、哲学，当然还有政治。作为可预见的结果，时至今日我们拉丁美洲人依然极难分清何为虚构，何为现实。"

由此看来，在哥伦布、科尔特斯、皮萨罗等航海家、殖民者或离去或故去之后，"幻想"的种子仍在殖民地美洲继续发芽成长了起来。到了十九世纪，在拉丁美洲各国纷纷独立的同时，浪漫幻想文学在旧大陆和北美盛行了起来。仿佛数百年前那座充当媒介的"幻想之桥"再度延长一般，在爱伦·坡、吉卜林等作家的影响下，在拉丁美洲，尤其是拉普拉塔河地区，出现了大量幻想小说。也许正如加西亚·马尔克斯在多年之后接受秘鲁记者卡洛斯·奥尔特加采访时说的那样："拉丁美洲的现实就是十足的幻想。"在幻想文学与拉丁美洲发生接触之后，前者在这片土地上迅速发展，渗透进了拉美文学的骨髓血液之中，乃至变幻出了后来的"神奇现实""魔幻现实主义"等新的分支，令世界文坛瞩目。

一九八二年，"魔幻现实主义"代表作家加西亚·马尔克斯荣获诺贝尔文学奖的消息传来，拉美文学作品迅速涌入中国市场，无论是职业作家还是普通读者，都对似真似幻的拉美文学如痴如醉。同样是在二十世纪八十年代，在中国西葡拉美文学研究会和云南人民出版社的策划及合作下,"拉丁美洲文学丛书"闪耀登场,这套丛书收录了加西亚·马尔克斯、巴尔加斯·略萨、阿莱霍·卡彭铁尔、豪尔赫·路易斯·博尔赫斯、胡里奥·科塔萨尔、胡安·卡洛斯·奥内蒂、埃内斯托·萨瓦托、巴勃罗·聂鲁达、若热·亚马多等著名作家的数十部作品,既包括小说,也包括诗歌、散文和文学评论类作品,成为西葡语文学汉译史上前无古人的丛书项目。随着一九九二年中国正式加入"世界版权公约",想要由同一家出版社将上述作家的作品统归于同一套丛书之中几乎已无可能,因而"拉丁美洲文学丛书"在"前无古人"的桂冠之外似又可以加上"后无来者"的美誉了。

实际上,自二十世纪九十年代中期至二十一世纪头一个十年,在西葡语文学汉译史上不仅没有可以与"拉丁美洲文学丛书"相媲美的丛书出现,甚至连其汉译事业本身都坠入了谷底。二〇一一年,加西亚·马尔克斯的魔幻现实主义巨著《百年孤独》在中国正式授权出版,又一次掀起了拉美文学的热潮,西葡语文学汉译事业也再度蓬勃发展起来,在出版数量、出版种类、译作质量等方面大有赶超二十世纪八十年代译介高潮期的势头,不仅如加西亚·马尔克斯、巴尔加斯·略萨、豪尔赫·路易斯·博尔赫斯等作家的几乎全部作品都推出了中译本,如罗贝托·波拉尼奥、里卡多·皮格利亚、罗伯特·阿尔特等未曾在之前得到译介的作家作品出版,更有如"西班牙语文学译丛""西语文学补完计划""拉美思想译丛"等丛书面世。

在这样的背景下，我们不禁生出了一个"大胆"的想法：既然幻想文学深入拉美文学血液骨髓，同时又与西葡语文学汉译事业紧密相关，那我们何不为幻想文学做一套丛书呢？实际上这个想法很有些自找麻烦的意思，因为和前文提到的丛书相比，"幻想文学丛书"有着许多天然的争议点。首先是如何定义"幻想文学"的问题。幻想文学在很长时间里遭受到了评论界的漠视和鄙夷，认为它属于难登大雅之堂的类型文学。这种情况在二十世纪后半叶得到了显著改善，不仅出现了大量致力于研究幻想文学的论文和专著，以幻想文学为基础改编而成的电影、电视、漫画等也层出不穷，二〇一二年甚至在西班牙召开了第一届"国际幻想叙事文学、戏剧、电影、电视、漫画及电子游戏研讨会"。这一可喜的变化带来的新问题之一是，对"幻想文学"进行定义的难度进一步加大了。研究者们从社会学、语言学、美学等不同角度定义"幻想文学"，似乎各有各的道理，但又没有任何一家理论具有十足的说服力。单举一个例子便足以说明问题：豪尔赫·路易斯·博尔赫斯、西尔维娜·奥坎波和比奥伊·卡萨雷斯于一九七七年选编的著名的《幻想文学选》(*Antología de la literatura fantástica*)收入了来自世界各地、不同时期的七十五篇幻想文学作品，其中还包括卡夫卡的两则短篇小说——三位编者均认为卡夫卡的许多作品是无可争议的幻想文学作品。然而在著名学者罗杰·凯卢瓦和托多罗夫看来，卡夫卡的作品绝不应被列入幻想文学之列。

在学界，类似争议不胜枚举。我们无意利用这套丛书来争论"究竟什么是幻想文学"之类的学术问题，而是倾向于采用广义的"幻想文学"的概念。托多罗夫认为所谓的幻想（奇幻）文学，应该让读者对现实设定中的超自然情节持犹疑的态度。一旦这些超自然情节有了科学合理的解释，故事就脱离幻想并趋向"怪诞"了；而一旦它们被确定为彻头彻尾的、非现实的超自然之物，故事又会趋向"神异"。西班牙著名幻想文学研究专家大卫·罗阿斯（David Roas）则从现实、不可能性、恐惧和语言四方面入手来定义幻想文学。实际上，无论是超自然情节、不可能性还是恐惧，在这里都是以自然的现实为根基衍生而出的概念，这似乎又一次与上文提及的"拉丁美洲的现实就是十足的幻想"这句话产生了联系。因此我们认为，不妨假定人们理解的自然的现实有某种界限，界限之内即为合理之物、自然之物，界限之外即为不可能之物、超自然之物。而选入本套丛书的作品，其内容或叙事要素应该在这种界限的两边徘徊，既非毫无争议的现实，又非彻头彻尾的非现实，是为"幻想"。因此，无论是二十世纪初的带有浪漫色彩的幻想文学作品，还是"神奇现实""魔幻现实主义"等风格的作品，就都可以被允许收入本套丛书之中了，哪怕学界对于它们是否属于学术概念上的"幻想文学"仍有争议。

这些作品可以被收入本套丛书，也应该被收入其中，因为我们策划本套丛书的目的之一本就是要尽可能全面地展现西葡语幻想文学的面貌及其发展脉络。由此又生出了另外两个问题：所谓的西葡语文学是否应囊括西班牙文学和葡萄牙文学？全面展现西葡语幻想文学的面貌及其发展脉络的现实意义又是什么？

关于第一个问题，无论国内读者还是国外读者，都一向更加看重拉丁美洲的幻想文学，而对西班牙和葡萄牙的幻想文学知之甚少。实际上，在上述两国的文学史中，无论是古时的骑士小说，还是黄金世纪、十九世纪，乃至二十世纪和新千年的文学作品，都有大量"在界限两边徘徊"的幻想色彩存在于其中，如拉斐尔·桑切斯·费洛西奥、卡门·马丁·盖特等著名作家都曾创作出无可争议的幻想文学经典，若泽·萨拉马戈等作家也以大胆的想象力而著称，近年来，更有一批出生于二十世纪七十年代及之后的中青年作家投入幻想文学创作事业之中。同时，考虑到西班牙、葡萄牙与拉丁美洲各国在文学领域存在着千丝万缕的联系，我们最终决定将西班牙文学和葡萄牙文学中的幻想文学经典作品也收入本套丛书。

关于第二个问题，展现西葡语幻想文学的全景及其发展脉络的现实意义之一是可以让我们更全面地了解西葡语文学，通过了解引发思考，通过思考进行学习，再借由学习促成反思。此外，在中国语境下，这样做还有另外一层现实意义：改革开放以来，提及拉美文学，大多数读者的第一反应就是"魔幻现实主义"，甚至逐渐走入了"拉美文学就是魔幻现实主义""不魔幻、不拉美"的误区。如何澄清这一问题？最有效的做法可能就是出版更多类型的拉美文学作品。除此之外，通过更全面地阅读不同时期的幻想文学作品，读者也应能更好地理解"幻想"只是这些作品的外皮，上文反复提及的"现实"才是真正的内核，这可能也就是为何在西班牙语原文中，无论是"幻想文学"（la literatura fantástica/lo fantástico）、"神奇现实"（lo real maravilloso）还是"魔幻现实主义"（el realismo mágico），其中的"幻想""神奇""魔幻"都只是起修饰作用的形容词。同时还应注意的是，如果说"幻想""神奇""魔幻"意味着非现实，这实际上也给了我们一种心理暗示，仿佛在拉美的土地上出现的贫穷、饥饿、压迫等问题也都是幻想的、魔幻的、非现实的，这显然是种错误的认知。因此，我们也希望通过这套丛书来"以魅祛魅"，让读者更好地理解西葡语国家的现实与文化。

加西亚·马尔克斯在一九六七年与巴尔加斯·略萨进行的访谈中曾经说道："我们的生活中到处都是奇妙的东西，[……]应该让拉丁美洲文学真正能够反映拉丁美洲生活，这里每天都在发生着最奇妙的事情。"如果"西葡拉美幻想文学经典"丛书能令中国读者体验在那里发生的最奇妙的事情,体味那里的真实生活,它的使命大概也就完成了。

侯健

2022 年 8 月 9 日于西安外国语大学长安校区

目 录

无人亮灯 001

阳台 010

领座员 030

除了胡利娅 052

长得像马的女人 077

我的第一场音乐会 095

昏暗的餐厅 106

绿色的心 129

"金丝雀家具" 139

两个故事 143

无人亮灯

很久以前，我曾在一个古老的大厅里为众人读故事。最开始，一抹阳光透过百叶窗的褶缝漏进大厅里。渐渐地，阳光轻柔地拂过几位宾客的头顶，最后照在了一张桌子上，桌上摆着屋主已逝亲人的相片。我艰难地吐出字句，仿佛是一架内部风箱已经损坏的手风琴。在最前排的椅子上坐着两位孀居的老人——她们是这幢房子的主人。她们的岁数已经很大了，但后脑的发髻还是显得异常饱满。

我已经读得筋疲力尽，目光频频脱离书本，抬头看向众人。我不得不留意着自己的目光，以免它总是投向同一个人。我的眼睛已经习惯于每时每刻都望向其中一位遗孀那苍白的脸庞。那是一张恬静的面孔，仍旧沉浸在对某段往事的反复追忆之中。有些瞬间，她的眼眸看起来像是被烟熏过的玻璃，后面空无一人。很快，我想起大厅里还坐着许多身份尊贵的客人，于是努力让自己投入故事的情境，更加生动地讲述起来。在某一失神的瞬间，我透过百叶窗的缝隙，看到有几只鸽子在屋外的一尊雕塑上走动。而后，我又看见在大厅的尽头坐着一位年轻的女人，她正把头倚靠在墙壁上。她波浪状的头发披散着，当我的目光从她身上掠过时，仿佛看到了一株攀附着废弃房屋的墙壁不断生长的植物。我懒得重新去理解这个故事，也不想向观众过多地解释故事蕴含的深意。然而，有时候话语和表述习惯本身便可传递故事的含义。在我本人还没有发表任何评论的时候，就惊奇地听到有宾客发出了大笑声。我重新望向那位把头倚靠在墙壁上的女人，我猜她也许已经察觉到了我的目光。

为了不再被女子扰乱心神，我把目光转向了窗外的那尊雕塑。尽管我仍然在读故事，但思绪已经落在了那尊不谙世事的雕塑上——她的身体所展现的，是一个连她自己都无法理解的人物的形象。也许，比起自身展现的人物形象，她更能理解那些鸽子：她似乎默许了它们在她的头顶上徘徊，允许它们栖息在她的身体所倚靠的那根圆柱上。忽然之间，我发现自己又看向了那个倚在墙上的脑袋，而就在那一瞬间，她闭上了双眼。接着，我努力使自己重新燃起在最初几次阅读这个故事时产生的热情——故事围绕着一个想要自杀的女人展开：女人每天都来到一座桥上，试图自杀。然而，女人的计划总是落空，因为她每天都会遇到各种各样的意外，阻挠她的行动。当听到"某个夜晚有人向女人求婚，而女人被吓得跑回自己家"这个桥段的时候，我的听众们哈哈大笑起来。

那个把头倚在墙上的女人也笑了起来。她靠着墙转过了头，仿佛正把头垫在枕头上。我已经习惯于把目光从女人身上收回，然后再投向窗外的雕塑。我试图弄明白雕塑上刻的到底是个什么样的人物，但脑海里并没有浮现出任何严肃的形象；也许那个人物已经不会再像生前那样严肃地对待自己的生活了，她的灵魂把时间都用来和鸽子玩耍了。我开口说了些什么，话音刚落，众人又被逗得笑了起来，这令我有些意外；我看向那两位遗孀，其中一位夫人的脸上显出了特别悲伤的神色，而我发现此刻有人正偷偷地望向那位夫人脸上烟熏玻璃似的眼睛。某一次，当我把目光从那位把头倚在墙上的女人身上收回时，并没有看向窗外，而是望向了另一个房间——在那里，我恍然看见有火焰在桌上燃烧。一些听众循着我的目光望去，发现桌上只有一个陶瓷花瓶，里面插着红色和黄色的花朵，花瓣上落有一抹阳光。

我把故事讲完时，喧闹声四起，人们上前将我围住。就在他们纷纷开始发表自己对故事的评论时，一位先生讲起了另一个关于自杀的女人的故事。他想要把故事讲好，但是迟迟找不到合适的词语进行表述。而且，他转弯抹角，迟迟不切入主题。我望向其他宾客，发现他们都在不耐烦地听着。所有人都站在原地，尴尬而不知所措。那个披散着波浪状头发的女人向我们走来，我看了她一眼，又望向窗外的雕塑。我不喜欢听那位先生讲故事；看着他搜肠刮肚寻找词语进行表达的费力模样，我饱受折磨，感觉就像看见窗外那尊雕塑忽然伸出手抓捕鸽子一样。

我周围的人不得不继续听那位先生讲故事。他讲述的时候带着一种愚蠢的固执，仿佛在向身边的人宣告："我是个政治家，我知道如何即兴演讲，也知道怎么讲一个故事才能让诸位感到有趣。"

那些听众里有一个前额略显奇怪的年轻人：那个年轻人的头发与前额的交界处有一道深色的印记，那颜色看起来像是刚被剃掉浓密胡须、抹上粉的下巴颏上显示出的阴影。这样一来，他的发际线看上去向后退了不少。我看向那个披散着头发的女人，却意外地发现她也正在打量我的头发。这时，那位政治家讲完了故事，所有人都鼓起掌来。我却没有兴致为他叫好。其中一位孀居的夫人开口说道："诸位，请坐。"我们都照做了，大伙都松了一口气，但过后我不得不重新起身，因为其中一位孀居的夫人来向我介绍那位头发呈波浪状的年轻女人：原来她是那位夫人的侄女。他们邀请我坐在一张三人位的大沙发上，我的一侧坐着夫人的侄女，而另一侧则坐着那位前额微秃的年轻男子。那位侄女正欲开口说话，年轻男子打断了她。他抬起手，指尖朝上——活像是一柄被风折弯的雨伞的伞骨，开口道：

"我打赌，您不爱与人打交道，大约只能和树木交朋友。"

我正在暗自猜想，他把发际线那儿的头发剃掉了一块，也许是为了让额头看起来更宽。听到这话，我忽然产生了某种作恶欲，于是回答道：

"您千万别这么想。您可不能邀请一棵树去散步。"

我们三人大笑起来。他那剃过的额头向后仰了仰，然后继续说道：

"说真的，树木是那种会永远默默守护在身边的朋友。"

那两位孀居的夫人呼唤着侄女的名字。她起身的时候，露出了一个不悦的表情。我望着她离去的背影，这才发现她原来是一个身材魁梧、个性强硬的女人。

当我转过头的时候，遇到了一位年轻人。那个前额被剃过的男子向我介绍了这位年轻人。年轻人看起来刚刚梳理过头发，发梢还留有几点水渍。我在童年时期，也曾留过那种发型。那时候，祖母曾对着我的发型说："你的头发看起来像是被母牛舔过一样。"刚来的年轻人坐在了原先那位侄女坐的位置，开始与我攀谈：

"哦，我的老天，刚才讲故事的那位先生，简直是顽固不化！"

我本来很想对他说："那您呢？简直太有女人味了？"但我最后只是问他：

"如何称呼？"

"你问的是谁？"

"那位……固执的先生。"

"啊，我不记得了。我只知道他有个贵族的名字。他是个政客，因为这个缘故，他总是能当上文学会的评审员。"

我望向那个剃过前额的男子，他朝我做了个手势，仿佛在说："我们能怎么办呢？"

当遗孀夫人的侄女回来的时候，她抓住"娘娘腔"的一只胳膊，把他从沙发上拉了起来，这样一来，"娘娘腔"发梢上的水滴便抖落在了大衣上。然后，她说道：

"我不同意诸位的说法。"

"何出此言？"

"……我很奇怪，你们居然不知道树是怎么和我们一起散步的。"

"怎么和我们散步呢？"

"它们迈着长长的脚步，重复出现。"

我们对她的这个想法表示由衷赞扬，她的情绪变得高涨起来：

"它们反复出现在道路两侧，为我们指明方向；当我们离它们还有很长一段距离的时候，它们会聚在一起，朝我们的方向张望；随着我们渐渐靠近，它们又会彼此分开，为我们让路。"

她在说这些话的时候，脸上带着某种戏谑的神情，仿佛是在掩饰一种罗曼蒂克的想法。羞怯和快乐交织在一起，让她的脸变红了。然而这个迷人的瞬间却被"娘娘腔"打破了：

"不过，每到夜晚，树木会从林子里的四面八方跳出来袭击我们；有些树木弯下腰，仿佛只要迈出一步，就会朝我们扑来；它们还会在半路拦截我们，然后不断张开、收拢枝丫，以此吓唬我们。"

遗孀夫人的侄女再也忍不住了：

"天呐，你讲话的口气，活像白雪公主！"

就在我们几个放声大笑的时候，她忽然说，想问我一个问题，于是我们起身来到了摆着鲜花和瓷瓶的那个房间。她倚在桌子上，将整个身体都靠了上去。她将手指插入发间，然后问我：

"请您说实话：您讲的那个故事里的女人到底为什么要自杀？"

"哦！您应该去问她。"

"那您呢？您不知道她的答案吗？"

"要想从梦中之人的嘴里得到答案，似乎是不大可能的。"

她微微一笑，然后垂下了目光。这样一来，我可以将她整张嘴巴的轮廓尽收眼底。她的嘴巴很大，嘴角扯向两侧，唇边浮现的笑容似乎永远也不会收拢。我饶有兴致地打量着她那双湿润的红唇。也许，她能透过低垂的眼睑感受到我的目光，又或者她会料到，在这样的寂静里，我并不会做什么好事。因为，她把头低得更深了，把整张脸都藏了起来。

而现在，她把整团头发都展现在了我的眼前。在波浪状头发的发旋处，一小块头皮隐约可见，这让我想起了在风里被吹乱羽毛而露出皮肉的母鸡。我愉快地想象着那只长着一颗人的脑袋的母鸡，硕大而温暖：头发就像是纤细的羽毛，散发出了一种细腻的温热。

她的其中一位姑妈来到了房间——那位并不拥有烟熏玻璃色眼眸的夫人，她给我们拿来了几杯酒。侄女抬起头，姑妈对她说：

"你要小心这位先生，他有着一双狐狸似的眼睛。"

我又联想到了母鸡，于是回答道：

"夫人，我们可不是在鸡笼里！"

当房间再次只剩下我们两个人的时候，我尝了一口酒——它实在太甜了，让我有些反胃，这时候她开口问我：

"您不好奇，未来会发生些什么吗？"

她努了努嘴，似乎想把嘴唇埋进酒杯里。

"没有。我更感兴趣的是此时此刻在另一个人身上会发生些什么，或者，假如此刻我身处别处，又会做些什么。"

"请您说说看，如果您此时身在别处，您会做些什么？"

"恰好我知道：我会把这杯酒倒进那个花瓶里。"

有人邀请我弹奏一曲。回到大厅之后，那位有着烟熏玻璃色眼眸的遗孀夫人正低着头，她的姐姐坚持在她耳边说了些什么。那架钢琴很小，很旧，而且有些走音。我不知道该弹什么曲子。然而，就在我刚刚开始弹奏的时候，那位烟熏玻璃色眼眸的遗孀夫人忽然发出了一声悲泣，我们所有人都安静了下来。

她的姐姐和侄女把她扶回了里屋。过了一小会儿,她的侄女走了出来,向我们解释说,自从姑父过世以后,她的姑妈就听不得任何音乐。姑父生前,他们俩非常相爱,那爱意一直延续至昏沉的晚年。

宾客们纷纷笑了起来。随着屋外的天色越来越暗,我们说话的声音也变得越来越小。但是,始终没有人把灯打开。

我是最后几个离开的人之一。当我正要离开的时候,不小心被家具绊了一下,就在这时,那位侄女拦住了我:

"我想请您办一件事。"

但接下来她什么也没说,只是把头靠在了走廊的墙壁上,然后抓住了我的衣袖。

阳　台

　　我喜欢去那个小镇消夏。每逢夏季来临，几乎整个街区的人都倾巢出动，纷纷前往临近的海滩度假。街区里有一栋无人居住的宅子，它着实有些年岁了；后来宅子被改造成了一间酒店。夏天一到，那栋宅子就会显出悲伤的神色——它失去了最爱的家人，只得终日与仆役为伴。如果有一天，我藏到它身后，发出一声呼喊，那么苔藓就会立刻将它吞没。

　　我举办音乐会的那个剧院只有寥寥几个听众。寂静已经将那剧院侵蚀：我可以看见它在那巨大的黑色钢琴盖里滋长。寂静也喜欢聆听音乐；它耐心地听完乐曲，在发表意见之前，它会默默地回味那些旋律。当那寂静有了几分把握，便会融入音乐中去：它仿佛一只踩着黑色琴键的猫儿，在音符中穿梭，让它们充满意念。

　　在几场音乐会之后，有位腼腆的老人前来向我致意。他那蓝色的眼睛下面垂着巨大而发红的眼袋；下唇硕大无比，仿佛是看台的围栏，圈住了他微张的嘴巴。他的声音低沉，吐字缓慢。而且，说完每个词语，他都要喘口气。

　　寒暄了一阵之后，老人对我说：

"真遗憾,我的女儿没法听到您的演奏。"

不知道为什么,我最先冒出的念头竟是:老人的女儿是个盲人。然而我很快就反应过来,盲人是能听见的。或许她的耳朵听不见,又或许她本人不在这个小镇上。忽然之间,一个念头击中了我:她可能已经死了。然而,那晚我觉得很快乐;我和老人一起穿过绿树的浓荫投下的暗影。在这座小镇上,一切都显得缓慢而宁静。

突然,我靠向老人,仿佛接下来要问的是一个很微妙的问题。我听见自己说:

"令爱不能来听音乐会吗?"

老人"啊"了一声,声音短促,听起来很意外。他停下脚步,看着我的脸,最后他说:

"那个……她不能出门。您大概已经猜到了。有时候,她会规定好自己必须出门的日期,到了前一天晚上,她会紧张得整夜都睡不好觉。当天上午,她一大早就起床,准备好出门所需的一切,满心期待。然而那种想要出门的欲望很快就消失了。最后,她还是没有勇气踏出家门,只能颓然地坐在家里的椅子上。"

音乐会的听众很快就从剧院周围的街道上散开了。我和老人走进了一家咖啡馆。他招来了服务生,片刻之后,他们给老人端来了一小杯深色的饮品。鉴于我得去另一处吃晚餐,因此只能再陪他一小会儿。我开口道:

"令爱不能出门,真是可惜啊。我们大家都需要出门散散心,干点什么消遣一下。"

老人那硕大的嘴唇刚贴上那只小杯子,还未沾到饮料,便抬头向我解释说:

"她有办法解闷。我买下了一幢老房子,它对于我们父女俩人来说,太大了些,但设施保养得不错。那房子有一个带喷泉的花园。她的房间在转角上,房间里有一扇门直通阳台。在那个阳台上可以看到大街。几乎可以说,我女儿整天都窝在那个阳台上。她有时候也会在花园里散步,偶尔会在晚上弹钢琴。您可以随时到我家做客,用个晚餐。若您能光临寒舍,在下不胜荣幸。"

我立刻就明白了他话里的意思。我和老人商定了一个日子,约定好到那天我会去他家用晚餐,弹钢琴。

老人来酒店接我的那个下午,外面的日头还很大。他向我远远地指出了他家那个阳台所在的转角。阳台就在一楼。我们走进了屋侧的大门,进门就能看到一个带有喷泉的花园。花园里还有几尊塑像,淹没在了杂草丛中。花园被一面高墙围住了,墙顶插满了玻璃的碎片。我们走上一段石阶,进入了屋内的一段游廊。透过游廊的窗户,可以看到外面的花园。我惊讶地发现,那段长长的游廊上摆着许多撑开了的阳伞;它们的颜色各异,看起来仿佛是大型的温室植物。老人赶紧向我解释说:

"这些阳伞大部分都是我送给她的。她喜欢把阳伞都撑开,欣赏伞面上的色彩。每当天气晴好,她就会挑上一把,然后撑着它在花园里走上一小圈。若是碰上有风的日子,这扇门是万万不能打开的,不然阳伞都会被吹走,我们得走另一边的门上来。"

阳伞和墙壁之间隔开了一点空隙,我们沿着这段缝隙一直走到了游廊的尽头。我们走到了一扇房门前,老人用手指敲了敲门上的玻璃,里面传来了一个怯怯的声音。老人将我迎进了房间,我立刻就看见了站在阳台上的女孩。她面对着我和她的父亲,背靠在彩色的玻璃上。当我们走到厅堂中央时,老人的女儿才跨出阳台,朝我们迎面走来。她朝我远远地举起了手,嘴里念着欢迎我到访的话语。屋里最暗的角落里摆着一架小小的钢琴,琴盖打开着,淡黄色的琴键组成了一个巨大微笑,看起来天真而无辜。

她为没能出门迎接我而向我致歉。然后,她指着空旷的阳台对我说:

"他是我唯一的朋友。"

我指着钢琴问道:

"这个小可怜不也是你的朋友吗?"

我们坐在女孩置于床脚边的椅子上。趁着谈话的空当,我看到房间的四面墙壁上挂着许多张绘有花朵的小画,都被挂在了同一高度,构成了一圈装饰带。

女孩的脸上挂着一抹不落凡尘的微笑,看起来就和那架钢琴的笑容一样纯真。她头上的金发有些褪色,身量瘦削,颇有些遗世独立的气韵。老人几乎是踮着脚离开了房间,这时候,女孩开始向我解释,为什么钢琴和她的关系不如阳台和她的关系那样好。她说:

"那架钢琴是我母亲的密友。"

我起身去看那架钢琴,然而她睁开了眼睛,抬起了一只手阻止了我:

"很抱歉,我更希望您可以在晚饭后弹奏,到时候我会点灯。我从小就养成了只在夜间听钢琴曲的习惯。我的母亲只在夜晚弹钢琴。弹琴之前,她会点起烛台里的四支蜡烛。寂静中,一个个音符从她的指间缓慢地流淌出来,仿佛正被她逐一点亮。"

随后,她站起身,向我打了个招呼,走向了阳台。走到阳台之后,她把裸露的双臂搭在玻璃上,就好像她正倚在另一个人的胸膛上。

不过,她很快就走了回来,对我说:

"一般每次被我看到的时候都恰好经过红色玻璃的人,事后都被证实有暴力倾向,或者脾气不好。"

我忍不住问她:

"那我呢?我经过了哪块玻璃?"

"绿色的那块。一般经过绿色玻璃的都是在乡村独居的人。"

"恰好我就很享受那份被植物环绕的孤独。"我回答她说。

房门被推开了,老人出现在门口,身后跟着一位女佣——她长得非常矮小,以至于我怀疑她只是个小女孩,或是个侏儒。她那短小的手臂举着一张小桌子,红红的面孔探在小桌子上方。老人问我:

"您想喝些什么?"

我本想说"什么也不需要"。但我担心这样的回答可能会让他不高兴,所以就随口说了一种饮料的名字。

老人喝的是一小杯深色的饮料,这和他在音乐会结束之后喝的饮品一模一样。当夜幕完全降临的时候,我们向餐厅走去,途经那段摆满阳伞的游廊;她变换了几把阳伞的位置,当我赞美那些阳伞的时候,她的脸上溢满了幸福的神色。

餐厅所在的位置要比街道更低一些,透过装有格栅的窗户,能看见街道上往来行人的鞋子和小腿。一盏带有绿色罩子的灯将光线直接洒在了白色的桌布上;属于这个家族的古老物什堆放在餐桌上,仿佛在进行一场怀旧的盛宴。我们三个落座之后,沉默了一会。这个时候,桌子上的器物仿佛是沉默优雅的化形。我们把双手伸到桌布上,好像它们原本就是餐桌上的一员。我情不自禁地思考起关于手的生命来。多年以前,有人用双手强行把桌子上的器物塑造成了某种形态。几经辗转,这些餐具都在某个碗橱中找到了自己的栖身之所。

这些小生命不得不为各种各样的人服务。任何一只手都能把食物盛放在光洁平滑的盘面上；它们会把敞耳罐装满，又会托着它们的底座把水倒出来；把餐叉插入肉块，把肉块切碎，然后把它们放入口中。最后这些带有生命的物什被洗净，擦干，最后被摆回它们小小的房间里。有些餐具可以在经手多人之后依旧完好，其中一些人会好好地待它们，爱护它们，并在它们身上留下无数回忆；然而，它们必须在沉默中继续服务下去。

不久之前，当我们还待在女孩的房间里的时候，她没有点灯——她想借助阳台上透进来的余晖照明，直至最后一刻。我们当时在谈论屋里的物品。随着黄昏逐渐黯淡，屋子里的物什蜷缩在阴影之中，仿佛周身长出了羽毛，准备安眠。老人的女儿说，物品通过与人产生联系而生出灵魂。它们中的一些在过去是别的东西，拥有的也是不一样的灵魂（有些带腿的物品曾经是生有枝丫的树木，而琴键曾经是獠牙），然而，她的阳台在遇到她之后，才第一次拥有了灵魂。

突然之间，袖珍女佣那泛红的面孔出现在了餐桌的边缘。尽管她把短小的胳膊伸到桌上，有自信可以用她的小手够到餐具，但老人和他的女儿还是把餐盘向她挪了过去。不过，当那些餐具被袖珍女仆端在手里的时候，它们似乎失去了尊严。老人也匆忙地、以一种缺乏技巧的姿势抓住了酒瓶的颈子，将里面的红酒都倾倒出来。

起初,我们之间的谈话并不顺利。这时,一只巨大的座钟里传出了阵阵钟声;它竖立在老人身后靠墙的位置默默运转,但我之前从未注意过它的存在。然后,我们说起话来。她问我:

"您不留恋那些旧衣服吗?"

"怎么不会!您刚才提起了那些物品,若如您所说,衣物不正是与我们接触最多的物品吗?"说到这里,我笑了起来,她却满脸严肃。我继续说道:"在我看来,衣物除了保存我们身体留下的形状,还有某些皮肤的气味,很可能还留下了其他的东西。"

但她并不在听我说话,相反,她总是试图打断我,就好像我正在玩跳绳,她在一旁总想伺机加入。毫无疑问,她在问我这个问题的时候,就已经想好了自己的答案。最后她说:

"每天睡下之后,我就会构思自己的诗歌,"——她下午已经提过那些诗歌了——"我有一件白色的睡衣,它从我写第一首诗开始就陪伴在我左右。有时候,我会在夏夜穿着它去阳台上。去年,我给这件睡衣写了一首诗。"

她已经用餐完毕,任凭袖珍女佣把短小的胳膊伸到桌子上。她微睁开眼睛,仿佛看到了幻象,朗诵声徐徐响起:

"致我的白色睡衣。"

我的浑身变得僵硬起来。就在这时,我注意到了女佣的手。她的手指短小而结实。她去够那些餐具的时候,手指是蜷缩着的，直到碰到物件的那一刻，才把手张开，抓起它们。

起初，我急于展现各种方法，表示我在认真聆听。然而，到了后来，我只是一直随着座钟打摆的节奏，点着头表示肯定。渐渐地我感到烦躁起来。一想到她即将朗诵完毕，我却还没有想好怎么点评，就觉得备受煎熬。而且，老人就坐在一旁，在他的下唇边缘靠近嘴角的位置，残留着一点芥末。

女孩的诗歌有点老套，但是押韵非常准确。每一个与"睡衣"对应的韵脚都出乎我的意料。我觉得这首诗写得非常有新意。我又望向老人，并对着他用舌头舔了舔下唇，但他只顾着听女儿念诗，没有注意到我。这首诗歌似乎永远也念不完，为此我感到了新的煎熬。突然，女孩念出了"阳台"这个词，以此与"睡衣"①押韵。至此，诗歌就结束了。

我开始发言。我听见自己的声音沉着地响起，这样的语调给人一种感觉：斟酌再三之后，我终于找到了合适的表达。

"这首诗歌里洋溢的青春灵动让我印象深刻。它很有新意……"

就在我说到诗歌很有新意的时候，她开口了：

"我还作了一首诗……"

我感到很痛苦。虽然这样显得自私且不道义，但这时候我只想着怎么才能解脱。袖珍女佣带着另一个托盘来到了我的

---

① 在西班牙语中，阳台是"balcón"，而睡衣是"camisón"，两者都以"ón"结尾，所以可以成为同一首诗里的韵脚。

身边，我趁势拿了很多食物。萦绕在周围的魔法消失了：不管是餐桌上的器物，还是诗歌，还是头顶的房子——带有铺满阳伞的游廊，还是爬满一整面墙的常春藤，都失去了原来的魅力。更加不妙的是，我觉得自己和周身的一切都隔开了，只顾狼吞虎咽地进食。每当我的酒杯空了，老人就会抓起酒瓶的瓶颈，为我斟酒。

当她念完第二首诗的时候，我对她说：

"要不是这菜肴如此美味，"我指着一盘菜说，"我还想请您再朗诵一首呢。"

老人立刻接过话头：

"现在她得吃点东西。等会儿有的是时间。"

那一刻，我开始变得没脸没皮起来，也不在乎肚子会被食物撑得有多大了。不过我很快就察觉到，我应该体谅那位可怜的老人的心情，表现得更主动大方一些。于是，我指着那瓶红酒对老人说，曾经有人和我讲过一个关于醉汉的故事。我开始向他讲述那个故事，故事结束的时候，老人和她的女儿都拼命地大笑。后来，我又讲了别的故事。女孩的笑声听起来有些悲伤，但她还是请我继续讲下去。女孩的嘴角扯向两侧，拉成了一道触目惊心的伤口。她的双眼蓄满了泪水，眼角爬上了密密麻麻的鱼尾纹；她的双手交握，紧紧地压在膝盖上。老人剧烈地咳嗽起来，尽管酒杯没有斟满，他还是不得不放下了手中的酒瓶。袖珍女仆则笑弯了腰，仿佛在鞠躬。

神奇的是，我们彼此间的距离就这样被拉近了。我感到十分庆幸。

那晚，我没有弹钢琴。他们恳求我留下过夜，随后把我带到了一间卧室，那间卧室的外墙爬满了常春藤。在上楼梯的时候，我发现餐厅的那只座钟上伸出一条线。那条线沿着楼梯蜿蜒而上，一直通到我的那间卧室。我进入房间，看见那根线的顶端系在了一根细长的床柱上。房间里的家具泛着古旧的黄色，在灯光的映照下，器物的腹肚处闪着光泽。我把双手放在腹部，望向老人。他给了我一些建议，那是他那晚对我说的最后几句话：

"如果您晚上失眠，又想知道时间的话，可以拉一拉这根线。从这里你可以听见餐厅座钟发出的钟声。一开始，它会告知你时间是几点，间隔一会儿，它会告诉你时间是几分。"

忽然，老人笑了起来。他一边说着"晚安"一边离开了房间。显然，他想起了刚才我在餐厅讲过的其中一个故事——那个关于醉汉和钟对话的故事。

老人那沉重的脚步踩在木制楼梯上发出的"吱呀"声犹在耳畔回荡，我感到孤独蔓延全身。他——我是说我的身体——吸纳了所有那些吃下去的食物和喝下去的酒水，就像是动物吞食外物一样。而现在，我的身体不得不和那些吞食进去的东西整晚搏斗。我把身上的衣物完全脱掉，赤着脚在房间里走来走去。

躺在床上之后，我很快就开始思考前些日子里我的所作所为。我回想起那些日子里发生的事情，又想起一些已经非常遥远的人。悲伤的情绪和某种下流的念头涌上了我的心头，我渐渐地坠入寂静的中心。

第二天早晨，我面带微笑，怀着某种几乎可以称得上幸福的心情，对我的生活进行了一场回溯。天色尚早，我慢慢地穿上衣服，走到了一段建在花园上方数米处的走廊上。花园的这一侧也有许多杂草和浓密的树木。老人和他女儿说话的声音传到了我的耳边，紧接着，我发现他们两个正坐在我脚下的一条长椅上。我最先听清楚的是女孩说的话：

"现在乌尔苏拉更痛苦了。她与自己的丈夫愈发疏远，对另一个男人的爱意却与日俱增。"

老人问道：

"他们不能离婚吗？"

"不能。因为她爱着自己的孩子。她的孩子想要自己的父亲，不想要别的男人。"

接着，老人非常不好意思地说：

"她可以告诉自己的孩子，他们的父亲有很多情人。"

女孩愤怒地站了起来：

"你总是这样！你什么时候才能理解乌尔苏拉！她根本做不了那种事！"

他们的对话激起了我极大的兴趣。他们说的不可能是那个女仆——她的名字叫塔玛里达。况且,老人以前和我提起过,这个家里,就只住着他和自己的女儿。那么他们又是从哪里听来这些消息的呢?有人在晚上给他们传话了吗?发完火,女孩走进了餐厅,过了一会儿,她又走到了花园,手里撑着一把带有白色薄纱褶边的鲑鱼色阳伞。到了中午,她没有出现在餐桌前。我和老人中午吃得很少,酒也只喝了一点。后来,我又出去买了一本书,准备在某个寂静的夜晚,吃饱喝足之后,躲在某间杂草丛生的空屋里读它。

当我返回老人家的时候,我经过了女孩的阳台。走在我前面的是一个看起来老迈而可怜的黑人,他走起路来一瘸一拐。他头上戴的绿色草帽的边沿很宽,像极了墨西哥人戴的那种宽边帽。

阳台上露出了一个白色的身影,正倚靠在一片绿色的玻璃上。

那晚,我们一入座,我就开始讲故事。而女孩并没有提出要念诗。

老人和我肆意大笑,仿佛是为了应对餐桌上数量惊人的美酒佳肴。

有一瞬间,我们都陷入了沉默。女孩忽然对我说:

"今晚我想听音乐。我先回房间,然后把钢琴边的蜡烛点上。那些蜡烛好久都没有亮过了。可怜的钢琴,它是我母亲的朋友,它可能会以为演奏的人是我的母亲。"

不管是老人还是我,都没有再多说一个字。过了一会儿,塔玛里达过来传话,说小姐已经在等候了。

当我奏响第一声和弦的时候,沉默仿佛是一只抬起了爪子的庞大动物。第一声和弦之后,旋律开始起伏摇曳,仿佛是蜡烛的火光。我又奏响了一声和弦,仿佛向前进了一步。就在这时,当我想要弹奏另一个音符的时候,一根弦断了。女孩大叫起来。老人和我都愣住了。老人走向他的女儿——女孩已经捂住了眼睛,他开始安抚她说,那些弦已经很老了,都生锈了。

但她仍然捂着眼睛,摇头表示不愿接受。我感到不知所措。我之前从未遇到过琴弦断裂的情况。打过招呼之后,我回到了自己的房间。穿过游廊的时候,我小心翼翼,生怕踩到地上的阳伞。

第二天早晨,我来到走廊的时候,老人和女孩已经坐在了花园的长凳上。但我还是捕捉到了女孩说的话:

"乌尔苏拉的情人昨天戴了一顶帽檐极宽的大草帽。"

我不敢相信昨天下午经过阳台的那位老迈、瘸腿的黑人就是女孩口中那位乌尔苏拉的情人;我也想不明白,到底是谁在晚上把那些消息传给他们的。

中午时分,餐桌上又只有我和老人。于是,我乘机对老人说:

"走廊里的视野非常好。但我今天没有在那里久留,因为您和小姐在谈乌尔苏拉的事情,我不敢贸然打扰二位。"

老人停下了用餐的动作,压低了嗓音问我:

"您听到了?"

我见老人似乎要对我吐露些什么,于是回答道:

"是啊,我听见了。但我不明白,乌尔苏拉怎么会觉得那个瘸腿、戴着绿色宽檐帽的老黑人长得帅呢!"

"啊!"老人叹道,"您不明白。从很小的时候开始,我的女儿就逼着我听那些她杜撰出来的人物身上发生的故事,而且她还要我参与干涉故事的走向。我们总是会追踪那些人物的经历,不断了解发生在他们身上的事情,就好像那些人物真实存在一样。她把每天在阳台上看到的事件、往来行人的服饰都化用在她的人物身上。假如她昨天在大街上看到了一个戴着绿色帽子的人,毫无疑问,她今天就会让自己的人物戴上绿色的帽子。对于故事的发展,我总是显得很愚钝,她老是因为这一点和我生气。为什么您不帮她编一下故事呢?如果您愿意的话,我……"

我打断了老人:

"先生,我无法答应您。我编的那些故事会伤害她的。"

到了晚上,女孩依然没有下来吃晚餐。老人和我用了晚餐,喝酒聊天至深夜。

待我回到房间躺下之后,我感到有木头在咯吱作响——那不是家具发出来的声音。最后我发现,是有人上楼来了。就在这时,有人轻轻地敲响了我的房门。我问,来访者何人,我听到了女孩的声音:

"是我。我想和您聊一聊。"

我点了灯,把门打开了一道缝。她对我说:

"您把门虚掩着也没用,我可以从门缝里看到镜子,镜子都照出来了,您没有穿好衣服。"

我立刻把门关上了,并请她在门外稍等。当我告诉她可以进来之后,她打开了门,又径直走向我房里的另一扇门——那扇门我一直未能打开。她不费吹灰之力就打开了那扇门,那扇门通向另一个房间,她在黑暗中摸索进了那个我没有见过的房间。片刻之后,她从里面取出了一把椅子,然后把它放在了我的床边。她掀开身上的蓝色斗篷,取出一本写有诗句的笔记本。当她念诗的时候,我竭尽全力才没有睡着。我挣扎着抬起眼皮,但我做不到。后来,我用了相反的办法:把眼珠朝上转。我做那个表情的时候,看起来大概像个垂死之人。突然之间,她像钢琴弦断裂的时候那样尖叫起来,我吓得从床上跳了起来。在地面中央,出现了一只巨型蜘蛛。我看到它的时候,它并不在爬动;它的三条腿抽搐着,仿佛要跳起来。我赶紧把鞋子朝它丢过去,但并未砸中它。我站起身,但她让我不要靠近,说那只蜘蛛在跳。我拿起灯,沿着墙壁绕到了洗脸台前,然后朝蜘蛛扔去了一块肥皂,一只肥皂盒的盖子,还有一把刷子。只有那只肥皂盒盖子砸中了蜘蛛。那只蜘蛛蜷起了触肢,团成了一个仿佛用深色羊毛线缠成的小线团。老人的女儿请求我什么都不要和她的父亲说,否则她的父亲会反对她工作或者阅读到这么晚。她离开之后,我用鞋跟碾碎了蜘蛛,然后没有灭灯就去睡觉了。就在我即将睡着的时候,我无意识地蜷起了脚趾,这让我感觉好像那只蜘蛛爬到了我的脚上,我吓得再次跳了起来。

  第二天早晨,老人前来为蜘蛛的事情向我致歉。他的女儿把事情都告诉了他。我告诉老人,那点小事不值得在意。为了岔开话题,我告诉他,过几天我要在临近的小镇开一场音乐会。老人觉得这是我准备离开的借口,我只能向他保证,音乐会之后,我一定会回来。

  在我告辞的时候,女孩不容拒绝地在我手上亲吻了一下。我一下子不知所措起来。老人和我拥抱了一下,忽然之间,我感觉到他在我的耳朵附近吻了一下。

  音乐会没能办成。短短几天之后,我接到了老人的电话。寒暄几句过后,老人说:

  "我需要您来我家一趟。"

  "出什么事了吗?"

  "我只能说,发生了一件很糟糕的事情。"

  "是关于您的女儿吗?"

  "并不是。"

"那么是关于塔玛里达?"

"也不是。现在我不能告诉您。如果您能推迟一下演奏会,拜托您坐四点钟的那班火车。我想在剧院咖啡馆和您见一面。"

"您的女儿还好吗?"

"她在床上躺着。她的身体没有问题,但就是不想起床,不愿意看到日光。她现在只在灯光下活动,而且还让人把阳伞都收起来了。"

"我明白了,那我们一会儿见。"

到了傍晚,剧院咖啡馆变得非常嘈杂,于是我和老人去了另一个地方。老人看起来很沮丧,但见到我之后,他像是看到了希望。服务生给他送来了盛在小杯里的深色饮料,老人开口对我说:

"昨天有一场暴风雨。傍晚的时候,我和她坐在餐厅里,忽然听到一声巨响,我们很快就意识到那不是暴风雨的声音。我女儿向卧室冲过去,我紧跟在她身后。当我跑到房间的时候,她已经打开了通往阳台的那扇门。门后面,只剩下天空和暴风雨中的闪电。她捂住了眼睛,然后就晕倒了。"

"是闪电的光伤害到她了吗?"

"我的朋友,您怎么还不明白?"

"明白什么?"

"我们失去了阳台!那个阳台塌了!她看到的不是阳台上

的光！"

"但是，一个阳台……"

我立刻闭嘴了。老人请求我不要在他的女儿面前提起任何有关阳台的话。那我又该做什么呢？这个可怜的老人很信任我。我想起了我们一起纵酒畅聊的时光，于是我决定耐心等待，看看和女孩在一起的时候，能不能想出什么办法安慰她。

看到走廊上没有了阳伞，我感到心里泛起了一阵苦涩。

那晚，我们吃得很少，也只喝了一点酒。接着，我和老人一起来到了女孩的床前，很快老人就离开了。老人在场的时候，女孩一个字也没有说。然而，老人一走，她就把目光转向了那扇通向废墟的门，对我说：

"您看到他是怎么离开我们的了吧？"

"小姐！那个阳台是塌掉的……"

"他没有掉下去。他是跳下去的。"

"好吧，但是……"

"不止我爱着他，我确信他也爱着我。他曾经向我流露出过爱意。"

我低下了头。我感到情况很复杂——在我做好准备之前，就被迫承担了某种责任。她已经开始向我倾吐她灵魂深处的话语，我却不知道如何回应，也不知道如何是好。

那个可怜的女孩喃喃说着：

"都是我的错。那晚我去了您的房间，他就嫉妒了。"

"谁?"

"还会有谁呢?是阳台,是我的阳台。"

"小姐,您的想象力过于丰富了。它只是太老旧了。有些东西会因为自身重量而坍塌的。"

她并不理会我,继续说道:

"就在那天晚上,我就明白他的意思了。他威胁我了。"

"您听我说,怎么可能……"

"您不记得是谁威胁我了吗?……是谁盯着我看了好久,还举起了那些毛茸茸的脚?"

"哦!您说得有道理。是那只蜘蛛!"

"那一切都是他的安排。"

她抬起了眼皮。紧接着,她把被子掀到床的一边,穿着睡衣下了床。她走向那扇通往阳台的门,我觉得她是想要从阳台塌陷的地方跳下去。我欲伸手抓住她,但考虑到她只穿着睡衣,我迟迟不敢有动作。就在我犹豫不决的时候,她已经确定了自己的路线:她径直走向那张小桌子——它就摆在那扇通往废墟的门的旁边。

在她还未走到桌前的时候,我就看到了那本黑色橡胶封面、写着诗句的笔记本。

然后,她坐到了一张椅子上,打开笔记本,开始念诗:

"阳台的遗孀……"

领座员

我刚来这座摩登都市的时候,几乎还是个稚气未脱的少年。这座城市的市中心沿河伸展,匆忙的行人穿梭于高楼大厦之间。

我是一名剧院的领座员;上班的时候,我穿梭于剧院中为来宾引座,而工作之外的闲暇时间,我也习惯于东奔西跑,如同一只老鼠,在旧家具下面窜来窜去。有几个地方是我最常去的,它们像是分布在这座城市里的隐秘洞穴,每当我钻进去,就会发现其实它们之间充满了意想不到的联系。此外,我总是在想象里勾勒这座城市对我来说陌生的部分,并乐此不疲。

我通常在剧院里值晚班。上班时间一到,我就会冲进更衣室,擦亮我金色的纽扣,然后在灰色的背心和长裤外面披上一件绿色的燕尾服。准备就绪之后,我会站在池座左侧的通道上,准备收取男士们的号码牌。男士们纷纷走在女士们的后面,而我则迈着沉甸甸的脚步,领着她走过红色的地毯。将来宾送到座位之后,我会伸出手,做一个小步舞式的转身,然后鞠躬。我总是期待着小费数目给我带来的惊喜,也知道该如何带着尊重或蔑视低头致谢。我不在乎他们是否注意到了我的优越感。我觉得自己像一个扣眼里别花的老光棍,有着明智的处世之道。我很喜欢看那些穿着不同礼服的女士,也很享受舞台灯光熄灭、池座陷入黑暗那一刻忽然涌起的混乱。随后,我匆匆赶回更衣室清点小费,然后便离开剧院,开始探索这座城市。

夜间冒险结束之后,我疲惫地走回自己的住处。当我走上楼梯,穿过走廊的时候,仍然期待着能透过那些半掩的房门,看到更多的风景。回到自己的房间,我一打开灯,墙纸上的图案瞬间就被染上了颜色:黑色的背景上绽开了红色和蓝色的花朵。天花板的中央垂下了一盏吊灯,几乎快碰到我的床尾了。我用报纸做了一张遮光板,然后躺在吊灯下看书。这样一来,光线减弱了,墙纸上花瓣的颜色也暗淡了一些。床头摆着一张桌子,上面放着瓶瓶罐罐,还有一些其他的物件,我可以连续好几个小时盯着它们。关灯之后,我一直睁着眼睛,直到听见窗外传来斧头斩断、劈碎骨头的声音,以及屠夫的咳嗽声。

我的一位朋友经常会带我去一个免费供应晚饭的餐厅吃饭,频率是一周两次。那个餐厅装修得富丽堂皇,平时里面总是鸦雀无声。餐厅位于一间大宅内,要进入餐厅,首先要穿过一个几乎和剧院一样宽敞的大厅。免费的晚餐都是由宅子的主人提供的。为了履行他的女儿被人从河里救出的时候他所做的承诺，他在有生之年将一直无偿供应晚餐。前来的食客都是些难忘旧日时光的外国人。这些食客有权每周带一个自己的朋友到餐厅吃饭，而主人则每个月都会与食客共进一次晚餐。主人到达餐厅的时候，仿佛是一个在各位乐手就位之后登场的乐队指挥。然而，他唯一指挥的就只有沉默。八点整，餐厅尽头的白色双扇大门被打开了一扇，一片黑色的空旷从门后的房间里透出。有一个穿着黑色燕尾服的高大身影从那片黑暗中走出来，他的头微微歪向右侧。主人边走边举起一只手，示意我们不用起立。所有人都面无表情地朝主人望去：大家都未从前一刻的思绪中回过神来。指挥员在入座的时候向众人点头致意，乐手们则低头看向餐盘，弹拨起各自的乐器。每个人都是沉默的专家，习惯于自弹自唱。起初，周围回响着餐具相互碰撞的声音，然后这声响很快就被众人抛在了脑后。对我来说，这仅仅是一顿饭。但对我的我朋友和周围其他人来说，这是一个用于回忆和思念祖国的时机。忽然间，我觉得自己被局限在了餐盘之上，忘却了自己的所思所想。其他人在仆役的监视下，似梦似醒地进食。直到面前的盘子被撤走，我们才意识到已经吃完了一盘菜；随着另一道菜肴被端上餐桌，我们的兴致又高涨起来。有时候，我们甚至顾不上赞叹丰盛的菜肴，因为注意力被那些瓶颈上裹着白色纸巾的红酒分散了。当我们把红酒盛在水晶酒杯里的时候，我们惊讶地发现，有那么几个瞬间，酒杯里的深色液体似乎在空气中膨胀了起来。

在免费餐厅吃过几次饭之后,我渐渐习惯了那些摆在桌上的餐具,学会了如何"自弹自唱"地进食。但食客彼此间表现出的疏离感,还是会让我觉得有些不自在。第二个月,当"乐队指挥"出现的时候,我开始觉得,他殷勤招待我们并不是因为他的女儿。我坚持认为,他的女儿已经淹死了。无边无际、迷茫缥缈的思绪带领我穿越了数个街区,来到了河边;我开始想象:主人的女儿在河面上浮沉,淡黄色的月光洒在了她的身上。与此同时,她的华服、双臂以及面孔上都透出了明亮的白色。也许那一奇景,都得益于她父亲的财富,以及他为她做出的那些难以计算的牺牲。我把那些面朝着我、背对河岸的食客想象成溺死的落水者:他们的身体倾向餐盘,仿佛挣扎着想从河底浮上来。而我们这些坐在他们对面用餐的人,朝他们的方向鞠着躬,却没有向他们伸出手。

有一次,我在餐厅听到有人说话。一个身材无比臃肿的食客忽然说道:"我要死了。"接着,他的头猛地砸进了面前的汤盘里,就好像他正尝试着不用勺子喝汤;其他人都回过头来看这个把头埋在盘子里的人,餐具之间相互撞击的声音瞬间就停止了。接着,四下响起了椅子腿刮擦地面的声音,仆役们把死者带去衣帽间,并打电话叫了医生。在尸体冷却之前,大家又回到了自己的餐盘前,餐具重新开始叮当作响。

渐渐地,我在工作的时候,脚步变得越来越迟缓,整个人在沉默中逐渐衰弱下去。我就像陷入沼泽一样沉溺于自身。我的同事们开始频频与我相撞,我逐渐成了一个四处飘荡的障碍物。我唯一能做好的,就是擦亮燕尾服上的金纽扣。有一次,我的同事对我说:"你抓紧点,河马!""河马"这个词语掉入了我的沼泽,黏在了我的身上,开始下沉。接下来,他们又把其他侮辱性的话语砸向我,那些话像脏碗一样堆积在我的脑海里。后来,他们看到我便选择绕开,避免与我相撞,远离我的沼泽。

这样萎靡的状态持续了一段时间后,我被辞退了。我的一名外国朋友帮我在一个平民剧院谋得了职位。那个剧院里往来的女人大都衣着寒酸,男人给的小费也少得可怜。不过,我还是想着设法保住这份工作。

然而,就在那段最为悲惨的日子里,某种奇迹忽然在我的身上降临,从而弥补了我之前经历的所有不幸。最开始,那奇特的感觉一直若隐若现。一天晚上,我在寂静而黑暗的房间里醒来,在绘有盛放花朵的墙纸上看到了一点光斑。那一瞬间,我意识到有什么不同寻常的事情降落到了我的身上,但我并没有感到惊慌。我将目光转向一边,墙上的光斑也随之移动过去。这个光斑就像是瞬间被熄灭的灯光在黑暗里留下的余韵,但它持续的时间更长,目光可以穿透它。我垂下眼望向桌面,那里摆着几个瓶子和我的一些私人物品。毫无疑问:那束光是从我自己的眼睛里射出来的,它从很久之前就开始酝酿了。我盯着自己的手背，看到了张开的手指。不一会儿，我就感觉到了倦意。光线逐渐减弱，我闭上了眼睛。不久，我又睁开了眼睛，以确保我刚才之所见不是幻觉。我抬头望向电灯，发现它被我的目光照亮了——这次我终于相信了。我露出了一个微笑：在这个世界上，还有谁能在黑暗中用自己的眼睛看清一切呢？

我眼中光芒的强度逐夜增长。白天我在墙上钉满了钉子，到了晚上，我就把那些在视觉里最为明亮的器物挂到钉子上：玻璃制品和瓷器。我有一个小小的衣柜，上面刻着我名字的缩写，但那并不是我刻上去的。柜子里存放着几只高脚杯——我用绳子绕住杯脚，把它们系在了一起，而绳子的另外一头则拴着几只酒瓶的瓶颈；除此之外，柜子里还有边缘镂空的小碟子，也被绳子拴在一起，以及漆有金字的小茶杯等等。某一个夜晚，我被一阵恐惧击倒，差点被吓疯了。那晚，我起身去看衣柜里是否还放着什么别的东西；我没开电灯，就着我自身发出的光芒，我在镜子里看到了自己的面孔和双眼。我晕倒了。当我醒来的时候，发现自己倒在床下。我可以看到铁制的床架，就仿佛置身于桥洞一般。我发誓再也不去看我自己的那张脸，还有那双仿佛是来自另一个世界的眼睛。那是一双黄绿色的眼睛，里面闪烁着某种未知疾病胜利的光芒。双眼形成了巨大的圆圈，而脸孔被打成了碎片，没有人能将它重新拼凑起来，也无人可以理解它。

我一直醒着,直到斧头劈断、剁碎骨头的声音响起。

第二天,我忽然想起,就在几天前的一个晚上,当我穿过池座旁的过道时,一位女士盯着我的眼睛,眉头紧锁。而在另一个晚上,我的外国朋友嘲笑我说,我的眼睛像猫的眼睛那样闪着光。商店橱窗里的灯光已经熄灭了,我试着不去看自己那倒映在橱窗玻璃上的面孔,也不去看橱窗玻璃后的商品。经过深思熟虑之后,我决定只在独处的时候使用我自身的灯光。

在一次晚宴上,宅子的主人出现在了那扇白色的门前。我望向那扇虚掩的门后隐藏的黑暗,忽然生出了一窥究竟的欲望。于是,我开始计划着如何进入那个房间,因为我已经瞥见里面有着摆满物品的陈列柜,而我眼中的光芒变得更为强烈。

我每次都是从宅子的后门走进餐厅的,而这座宅子横跨整个街区,它的正门设在另一条街上。我曾多次在后门面对的大街上散步,有好几次都看见了这座宅子的管家:他是夜晚时分唯一在那附近出没的人。从正面看,他走起路来,双腿和双臂外翻,仿佛是一只猩猩。而从侧面看,他那燕尾服上坚硬的后摆高高翘起,看起来活像一只翘尾巴的鸟。一天下午,在晚餐时间到来之前,我鼓起勇气上前和他搭话。他望着我,双眸隐没在浓密的眉毛投下的阴影之中。我开口道:

"我想和您说一件比较特殊的事情。但在这之前,我希望您能答应替我保密。"

"在下洗耳恭听。"

"我……"他低头看向地面,等待着,"我眼睛里能发出光,所以我在黑暗处也能看清周围的一切……"

"我明白,先生。"

"不,您不明白!"我有些生气地说,"您肯定从未见过像我一样能在黑暗之中看清事物的人。"

"我指的是,我从字面上理解了您刚才说的话;当然了,您说的这件事着实让我大吃一惊。"

"您听我说,现在我们就进屋,到衣帽间去,然后我们把门关上,您可以从口袋里掏出任何一样物品放在桌子上,然后我能说出您掏出来的是什么。"

"不过,先生,"管家说道,"但万一到时候……"

"如果被主人撞见了,那我允许您把所有的事情都告诉他。求您帮我这个忙吧,只需要一小会儿。"

"您这么做是为了什么呢?"

"您很快就会知道的。您只需要在我关门的时候把随便什么东西放在桌上,我立马就能告诉您……"

"先生,请您的动作尽可能快一些……"

他轻轻地走了过去,靠近了桌子,我迅速关上了门,然后立刻对他说:

"您把手张开了,其他什么也没有!"

"好的，先生，您已经向我证明了。"

"还是请您从口袋里随便掏出些什么吧……"他拿出了一块手帕，我笑着对他说：

"这手帕真脏啊！"

他也笑了起来；然而，突然之间，他发出了一声沙哑的惨叫，然后冲向门口。他打开门之后，用一只手遮住了眼睛，浑身颤抖。这时候我才注意到，他在黑暗中看到了我的脸，这一点，我事先没有料到。他带着恳求的语气对我说：

"请您离我远一些，远一些！"

然后他穿过餐厅——餐厅里灯火辉煌，但是空无一人。后来，我恰好碰上了主人与我们一起用餐，我请我的朋友让我坐在靠近主桌的位置——主人就坐在那里，而管家肯定会侍奉左右，所以他一定会看见我。当管家端来头盘的时候，他感觉到我的目光落在了他的身上，因此他的双手颤抖起来。就在餐具的碰撞声打破沉寂的时候，我开始对他步步紧逼。当他再次出现在大厅的时候，他对我说：

"先生，您这样下去会毁了我的！"

"如果您不按我说的做，我确实会对您不客气。"

"但是您究竟要我做些什么呢？"

"请让我看一眼餐厅后面的房间里的陈列柜，我就只是看看而已，您到时候可以在我离开之前搜我的身。"

他打着手势，龇牙咧嘴，迟迟未能组织出连贯的话语。最终，他开口了：

"先生，我从很多年前就开始在这个家工作了……"

我对他感到抱歉，并因为感到内疚而觉得恼火。由于我是如此渴望能目睹那些陈列柜，以至于我把管家视为了一个复杂的障碍。他向我讲述了他生活的经历，向我解释了为什么不能背叛他的主人。我打断了他的话，威胁道：

"省省吧，他是不会发现的。况且，如果您这么不配合，我就会把您整垮，到时候，保不定您会做出什么让自己后悔的事情。今晚我两点钟过来，我会在房间一直待到三点。"

"先生，请您现在就把我整垮，然后杀了我吧。"

"不，如果你不按照我说的做，我会让你生不如死。"

转身离开的那一瞬，我对他重复道：

"今晚两点，我在这扇门门口等您。"

从那里离开之后，我的内心充满了犯罪感。为了自我安慰，我说道：

"当他发现我不会做任何坏事的时候，他就不会这么担心了。"

那晚我恰好在那幢宅子里吃饭，所以我希望当晚就能看到陈列柜。主人供应的美酒佳肴让我兴致高昂，眼睛里发出来的光芒也更加明亮。

刚才吃晚餐的时候，管家并没有如我预想的那样紧张。我猜想，他不会给我开门了。然而，就在我两点到达的时候，他为我打开了门。他手里举着大烛台,领着我穿过餐厅,就在那时,我忽然产生了一个念头:管家可能因为我的威胁而饱受折磨,最后实在承受不了,把一切都向主人坦白了。他们一起布置好了陷阱,就等着我往里钻。在我们即将步入陈列室的时候,我朝管家看了一眼:他低垂着目光,面无表情。这时,我对他说:

"请您给我拿一个垫子来。躺在地上会看得更清楚,我想躺得舒服一些。"

他轻晃着烛台,面露犹豫之色。之后,他走开了。房间里只剩下我一个人了,我环视四周,觉得自己仿佛置身于一个星座的中心。我想,他们很快就要来抓我了。管家过了许久才回来。如果是为了抓我的话,他没必要花那么多工夫。他回来的时候,一手拖着床垫,一手举着烛台。他的声音在这个布满陈列柜的房间里听起来格外响亮:

"我会在三点钟的时候回来。"

起初,我害怕看到自己倒映在大镜子或是陈列柜玻璃上的影像。不过,只要躺在垫子上,就可以避免这一切了。为什么管家表现得如此平静呢?我眼中射出的光芒在这个宇宙中荡漾,但我并不觉得快乐。为了见到这一切,我之前做出了那么胆大妄为的举动,而此时此刻,我再也没有勇气保持镇定了。当我看向一样物体的时候,我会用眼睛里射出的光芒持久地包裹住它,并以这种方式将它占为己有,但只有当我放轻松，并告诉自己有权利看它的时候，才会这么做。我决定仔细打量面前的一小块角落。那里摆着一本弥撒书，封面是焦糖色的玳瑁制成的，上面布满了纹路；封面的一角被镂空了，上面摆着一朵干花。书的旁边放着一串宝石念珠，就像是一条盘曲着的爬行动物。这些物件的上方摆着几把大扇子——它们就像是展开宽裙摆的芭蕾舞演员；当我的视线扫过一些带有闪光箔片的物件时，我眼里发出来的光线微微地晃了一下；最后，那道光落在了一个面孔由珍珠母制成、穿着丝绸套装的中国人身上。只有这个中国人可以在这片广阔的天地里保持遗世独立的姿态；他那泰然不动的样子既神秘又愚蠢。然而，在这个晚上，他是我能将之占为己有的唯一物件。当我准备离开的时候，我想要给管家一点小费。但是他拒绝了：

"先生，我做这一切并不是为了钱。这一切是您逼我做的。"

第二次潜入房间的时候，我的注意力放在了一些碧玉微雕上；然而，当我的目光照向一座上面有大象通过的小桥时，我察觉到，在这间房间里，除了我的光芒之外，还有一道源于别处的光。在转头之前，我偏过视线，看到了一个身着白衣的女人，她手握烛台，从陈列柜一旁的大道深处徐徐走来。我感到我的太阳穴在颤抖，那颤抖就像沉默的溪流，很快就顺着脸颊向下流淌，然后，像头巾一样缠住了我的脑袋。最后，它们顺着我的大腿滑落，在膝盖上打了结。女人迈着缓慢的步子，头部保持着僵硬的姿势。我等待着她走近，用手里的烛台照亮我的垫子，然后发出一声尖叫。她时不时地会停下脚步；当她再次迈步之前，我觉得我还有时间可以逃跑；但我居然不能动弹。尽管她的脸上落有几道暗影，但她看上去还是美极了：像是有人事先在纸上画好了她的轮廓，然后照着草图，手工将她造了出来。她慢慢走到了离我很近的位置；但我决定保持不动，直至地老天荒。最后，她停在了垫子的一侧。她继续往前走，一只脚踩在地上，另一只脚则踏在床垫上。此时此刻，我就像是一只被展平之后放在橱窗里的玩偶，而她则一只脚踏在人行道的边缘，另一只脚则留在马路上。尽管她手中烛台的灯光正以一种奇怪的方式晃动着，我还是保持着纹丝不动的姿势。她转身往回走，在陈列柜之间隔开的缝隙里曲折前行，她长袍的下摆轻柔地卷住陈列柜的柜脚。我感觉，在她走回门口的那段时间里，我已经睡了一小会儿。她进来的时候没有关门，离开的时候依然没有。当我发现身后还有另一束光的时候，女人手中烛台发出的光芒还没有完全消失。我离开的时间到了。我抓住了垫子的一角，然后起身去找管家。只见管家的整个身体连着手中的烛台一起颤抖。他的假牙在不住地打战，以至于我听不清他在说些什么。

我知道，我下一次去的时候，她会再次出现。我干任何事都无法集中精力，唯一能做的就只有等着她。当她出现的时候，我就平静了下来。之后发生的一切，都一如初见：她空旷的眼睛里似乎总是饱含着同一种专注的目光，然而，我能莫名地感觉到，每个晚上，她的目光都是不一样的。在这个房间守候着她已经变成了我充满柔情的一个习惯。每当她靠近垫子的时候，我的心会猛地不安起来：我发现，她并不准备沿着垫子的边沿走过，而是要从我的身上踏过去。我又开始感到一阵恐慌，觉得她下一秒就会尖叫出声。她停在了我的脚边，然后往前走了一步，踏上了垫子。她又走了一步，踩上了我的膝盖——它们颤抖着分开了，让她的步子有些打滑。下一步，她的一只脚落在了垫子上，另一脚却踏上了我的腹部。再下一步，她踏过垫子，然后把赤裸的脚踩在我的喉咙上。最后，她那喷着香水的长袍下摆整个儿拂过我的脸颊，那一刻，我彻底丧失了对那细微触觉的感知能力。

每晚发生的事情都大抵相似，但我每一次都会有不一样的感觉。这些相似的记忆在我的脑海里逐渐变得模糊，以至于我仿佛觉得自己只度过了寥寥几个夜晚。那长袍的下摆抹去了不好的回忆，它把我带回了那些无比温柔的时刻，仿佛被裹入了童年的床单。有时候，她那长袍的下摆会在我的脸上停留几秒，那一刻，我感到我们之间的联系被切断了，痛苦涌上心头；与此同时，我也感到了一种未知的现实的威胁。不过，当她长袍的下摆重新挚抚我的脸颊时，我们之间的鸿沟瞬间就被填平了。我觉得暂停的那几秒像是一个温情脉脉的玩笑,在那下摆被抽走之前,我尽情地吮吸着上面遗留的香气。

有时候,管家会对我说:

"啊,先生,您什么时候才能看完呢!"

但我没有理会他,只是离开宅子,走回自己的房间。我把套装脱下,贴在自己的腹部,任由它垂落在膝盖上,然后慢慢地抚摸着它。我躺在床上,思念着她。我已经忘记了我自身发出的光芒;如果能让我清晰地记住她那被烛光笼罩的模样,我情愿交付自己的一切。我回味着她的每一个脚步,幻想着,某天夜晚,她会走到我的身边,然后跪倒下来。这样一来,拂过我脸颊的将不再是长袍的下摆,而是她的发丝和嘴唇。我在脑海里用无数种方式演练这个场景,有时候我幻想她会说:"亲爱的,我一直在骗你……"不过,我后来又觉得这不像是她会说的话,于是,我不得不重新幻想这个场景。那些在我脑海里演练的场景让我迟迟无法入眠,后来它们甚至一点点入侵了我的梦境。有一次,我梦到她穿过了一座巨大的教堂。烛光摇曳,照亮了红色和金色的背景。最亮的烛光照在了她那身白色的婚纱上,她正拖着长长的裙摆,缓步上前。她要结婚了,却只身一人,并将自己的双手交握在一起。而我则是一条毛光水滑的黑狗,正趴在她婚纱那长长的裙摆上。她带着骄傲,拖着我前行,而我似乎睡着了。与此同时，我又仿佛获得了另一种视角，混在一群宾客中，看着新娘和狗。带着这一视角，我被赋予了与我母亲相似的思想和感受。我尽可能地靠近那条黑狗。它看起来很平静，仿佛睡在一片沙滩上，时不时地睁开眼睛，看着自己被泡沫包围。我把自己的一个想法传递给了这条黑狗，它微笑着接受了。这个想法是："放手吧，不过你可以想想其他的办法。"

清晨，用斧头剁肉和拍打肉块的声音从窗外传来。

一天晚上，我只收到了少得可怜的小费。我离开剧院，走到了河边的一条街上。我感到双腿很疲软，但眼睛仍然想要四处张望。我在一个卖旧书的摊位前停了下来，看到一对外国夫妇从我面前经过。丈夫身着一袭黑衣，戴着一顶法式贝雷帽；而妻子则在头上围着一块西班牙式的头巾，我听到她说的是德语。我向他们走去，但他俩行色匆匆，把我甩在了身后。不过，那对夫妇走到转角的时候，撞上了一个卖糖果的小孩，小孩手里的糖包被打翻了。那女人笑了起来，她帮着孩子拾起了散落在地的糖果，临了还塞给他几枚硬币。她离开之前，又转头看了一眼那孩子，而我立刻就认出了我的梦游情人，那一刻，我如同跌入了空气中的一口深井。我急切地追了上去，不小心撞到了一位胖胖的女士，她骂道：

"好好看你的路，蠢货。"

我小跑起来，几乎哽咽出声。那对夫妇来到了一家廉价影院，就在丈夫掏出电影票的时候，妻子回过了头。她看向我的眼神里带有某种坚定的意味，而我的焦灼被她撞破了。不过，她并没有认出我。但我毫不怀疑，那就是她。进入放映厅后，我坐在了他们前面的几排。我频频回望她，某一次，她对上了我的视线——她应该看到了我那在黑暗中发亮的眼睛，因为她对着自己的丈夫紧张地说了些什么。过了一会儿，我再次回过头；他们又开始交头接耳起来，简短地说了几句，音量很高。随后，他们起身离开了放映厅，我也跟着他们出去了。我跟在她的身后，却不知道自己要做什么。她没有认出我，还跟着其他人从我身边逃走了。我内心从未如此激动过，尽管我隐约觉得这样做并不会有什么好下场，但我无法控制自己。我确信，这一切都是命运的捉弄。那个拽着她胳膊的男人把头上的贝雷帽拉到了耳侧，他的脚步越来越快。我们三个都加快了步伐，仿佛要逃离一场大火。我离他们越来越近了，我等待着我的结局——天知道会是什么样的。他们走过人行道，跑着穿过大街；我正要跟上他们，下一秒却被一辆汽车拦住了。司机是一个同样戴着贝雷帽的男人，他已经朝我响了喇叭，嘴里发出喋喋不休的辱骂。那辆车刚离开，我就看到那对夫妇朝一个警察走去。我不慌不忙地朝另一个方向走去。走了几步，我转过身，发现身后没有人跟着我，于是，我放慢步伐，回到了日常的世界。我慢慢地踱步，心里想了很多。我感到胸中涌起了一阵强烈的苦涩，于是我走进了一家灯光暗淡、酒客稀少的酒馆。我点了几杯酒，慢慢花掉我攒下用于付房租的小费。有一扇窗开着，屋内的灯光透过铁栅落在了大街上，照亮了立在人行道旁的一棵大树上的树叶。我发现自己很难将注意力集中在周围的事物上。酒馆的地面上铺着满是破洞的地板。而我心想，我和她相遇的那个世界，是不可侵犯的。她的长袍下摆已经无数次地抚过我的脸颊，她不能就这样将我抛下：那是一个在命运的支配下进行的仪式。我得做些什么，又或许，我应该等她在某个相伴的夜晚给我释放信号。然而，她似乎不知道，那些清醒的夜晚会给她带来很大的风险，因为她会做出一些违背她梦中步伐所指令的事情。我为自己感到自豪，虽然我只是一个领座员，此时此刻正坐在一个寒酸的酒馆里喝酒，但只有我知道——连她本人都不知道——我眼睛里的光芒融化了一颗对他人冰封已久的心灵。我走出酒馆的时候，看到了一个戴着贝雷帽的男人，接着我又看到了一群戴着贝雷帽的男人。我忽然觉得，戴贝雷帽的男人无处不在，但是他们都与我无关。随后，我登上了一列有轨电车。我想，下次我要随身藏着一顶贝雷帽去陈列室赴约，见面的时候，把帽子拿出来给她看。这时，一个大块头走了过来，他肥胖的身躯挤在了我的身旁。我的思绪停止了。

在随后的一次赴约中，我随身带了一顶贝雷帽，却不知道最后会不会用到它。然而，当她的身影出现在房间尽头的时候，我取出了帽子，不断向她挥舞，就好像提着一盏黑色的灯笼。很快，那个女人停下了脚步，而我本能地把帽子收了起来；不过，当她重新走动的时候，我又把帽子取出，开始挥舞。当她来到垫子旁边的时候，我忽然感到很害怕。我把帽子扔向了她：贝雷帽先是击中了她的胸口，最后掉在了脚边。过了好几秒钟，她才失声尖叫起来。她手里的烛台砰的一声砸在了地上，烛火熄灭了。紧接着，我听到她那雪白的胴体落地的声响，随后是更重的一下，那是她的头磕在地上发出的声音。我站了起来，伸出手，仿佛在摸索其中某个陈列柜。就在这时，我发现我自身发出的光亮照在了她的身上。她倒在地上，仿佛进入了一个幸福的梦境。她的双臂微张，头歪向一侧，脸孔害羞般地埋在了波浪般的长发里。我借着眼睛里的光线在她的身体上来回扫视，就像是一个提着灯笼将她全身看遍的强盗。当光照到她的脚边时，我惊讶地发现了一枚黑色的刻章，不过很快我就认出，那是我的黑色贝雷帽。我发出来的光芒，不仅照亮了她，还从她的身上夺走了一些东西。我满意地看向那顶帽子，心想，它是我的，不属于任何其他的人。然而，我忽然发现她的脚上闪过了一种黄绿色的光——曾有一晚，透过自己房间衣柜的穿衣镜，我看见自己脸上折射出了类似的光芒。那黄绿色的光在她的脚上忽明忽暗地闪烁着。忽然，光线照亮了一小节白色的东西，让我想起了脚趾的骨头。一阵剧烈的恐怖，犹如一股被困住的烟雾，在我脑海里旋转。我开始重新打量她的身体：那已经不是原来的那具身体了，我无法辨认它的形状。她的一只手横在腹部的位置，没有血肉，只剩下森森白骨。我看不下去了，使劲地闭上眼睛。但我的眼珠就仿佛两条蠕虫，不断在眼眶里扭动。最后，我眼睛里的光照在了她的头部。她的头发都消失了，头骨散发着幽灵般的光，如同在望远镜里看到的星辰。就在这时，我听到了管家来了：他的脚步声很大，他打开了所有的灯，然后发疯似的大叫起来。她又恢复了原来的样子；但我已经不敢再看向她了。主人从我身后的一扇门走了进来，奔向他的女儿，然后把她抱起。正当他抱着自己的女儿准备离开的时候，另一个女人出现了。所有人都离开了，只剩下管家一人在不停地叫喊：

"都是他的错，他的眼睛里散发着地狱之光。我不想放他进来的，是他逼迫我……"

当房间里只剩下我一个人的时候，我才意识到，我犯了一个大错。我本来早就应该离开，可是我留在了原地，直到主人再次走了进来。主人的身后跟着管家，管家看到我说：

"您怎么还在这儿！"

我酝酿了许久，才开口回答他。我说的话大致如下：

"我并不能就这样从这个家离开。而且，我觉得有必要向诸位解释一下。"然而，我忽然觉得，最体面的做法应该是闭口不答。主人走到了我的身边，他用手指理了理头发，看上去神色凝重。他高傲地抬起头，紧蹙双眉，眯起眼睛，向我问道：

"是在下的女儿邀请您来这里的吗？"他的声音仿佛来自藏在他体内的另一个人。我感到无比慌乱，勉强吐出几个字：

"不是的，先生。我来这里是想看一眼您的藏品……而她从我身上踩了过去……"

主人还欲说些什么，但只是嘴巴微张，什么声音都没有发出来。他重又用手指理了理自己的头发，仿佛在说："真没想到情况会这么复杂。"

管家再次开始向主人解释我眼睛里的地狱之光，还有其他的事情。我忽然感觉，对于他人来说，我是一个难以理解的存在。为了重拾尊严，我开口道：

"先生，您是永远无法理解这件事的。如果把我送到警察局会让您好过一点的话，就请您动手吧。"

他也开始维护自己的尊严：

"我不会叫警察来，因为您是我的客人。但是，您辜负了我的信任。我相信您是个体面人，知道接下来该怎么做。"

我开始想一些辱骂他的话。第一个跳出来的词语是"伪君子"。就在我搜肠刮肚想要用别的话骂他的时候，一个陈列柜的门自动打开了，一只曼陀林掉在了地上。我们所有人的注意力都被琴盒和琴弦发出来的声音吸引了。随后，主人转身走向里屋，而管家则趁机捡起那只曼陀林。他似乎下了很大的决心才伸手去碰那只琴，好像它染上了什么巫术，尽管这可怜的曼陀林看上去更像一只干瘪的死鸟。我也转过身,穿过餐厅,脚步踏在地上吱呀作响,就仿佛我在一个音乐箱里穿行。

在后来的日子里,我一直郁郁寡欢,最后又丢了工作。一天夜里,我正要把一些玻璃器物挂在墙上,却忽然发现这一切非常荒谬。我发现,我正在一点一点地失去我的光芒:当我在黑暗里把手伸到眼前的时候,几乎看不清自己的手背。

除了胡利娅

在我小学的最后一年，我总能看到有个男孩把他那硕大的黑色脑袋靠在一堵刷着绿色油漆的墙上。男孩有一头鬈发，虽然不长，但是它们已经像爬山虎一样从男孩的头上蔓延开来，遮住了他那无比苍白的前额，盖住了他的太阳穴，从他的耳朵上方溢出，最后顺着他的脖颈钻进了那蓝色灯芯绒外套的领口。男孩总是很安静，他既不学习，也不做家庭作业。有一次，老师让他回家去，并问我们有谁愿意陪他一起回家，通知他的父母来学校谈话。

当我站起来主动请缨的时候，老师表现得很吃惊，因为这并不是什么好差事。然而，老师很快就心生疑窦——她怀疑我想帮助同伴逃脱惩罚。她试图猜出我们的心思，还告诫我们要遵守纪律。不过，我俩一出校门就直奔公园，发誓再也不回学校了。

去年的某一个早晨，我的女儿让我在转角等她，她自己则跑进了一家杂货店。由于她耽搁了很久，我便走进店里去寻她，意外发现杂货店的店主就是儿时和我一起逃学那个伙伴。我们开始聊天，我女儿不得不撇下我自行离去了。

有个女孩沿着过道从商店的最深处朝我们走来，她手里拿着某样东西。我的朋友告诉我，他一生中的绝大部分时光都是在法国度过的。在那里，他也会常常回忆起我们当年是如何为了向父母隐瞒逃学的真相而耍尽花招的。现在，他过着独居的生活；不过，在杂货店里，有四个女孩围在他的身旁，把他当成自己的父亲。从店铺的最深处走来的女孩为我的朋友拿来了一杯水和一颗药丸。

吞下药丸之后，他接着说道：

"她们都对我很好，不介意我……"

说到这里，他忽然沉默了，一只无处安放的手不断地在空中舞来舞去；但他的脸上浮现出了一抹笑容。我用带着一点玩笑的口吻对他说：

"如果你得了某种……烦人的怪病，我有个认识的医生朋友……"他并没有让我说下去。他的手落在了一只罐子的边缘，举起了那根似乎要放声高歌的食指。接着，他对我说：

"我爱我的病胜过爱我的生命。每当我觉得自己就要痊愈的时候，一种致命的绝望感就会向我袭来。"

"不过，你到底……得了什么病？"

"也许有一天我会告诉你。如果我发现你是那种可以加重……我病情的人，我就把你女儿喜欢的那张镶有珍珠母的椅子送给你。"

我望向那张椅子。不知道为什么，我觉得我朋友的病就出在那张椅子上。

　　有一天,他决定向我坦白他的病。那天是星期六,他把杂货铺的门锁上,准备回去度周末。我们要去赶一辆开往郊区的公交车,我们身后跟着四个女孩和一个留着络腮胡子的男人——我曾见过这个家伙在商店后面的一张堆满书本的桌子上做账。

　　"现在我们要一起去我的庄园,"他对我说,"如果你想要了解我的病,你就得陪我们待到晚上。"

　　说着,他停下了脚步。等到身后的员工都走到了他的身边,他便开始向众人介绍我。那个留着络腮胡子的男人叫亚历杭德罗,他像个仆从似的垂下了目光。

　　随着公交车驶出城市,沿途的风景变得单调起来。我请我的朋友预先透露一些关于他的神秘疾病的事情。他笑了笑,最后对我说:

　　"一切都和隧道有关。"

　　"车子路过那个隧道的时候,你提醒我一下。"

　　"不是的,那个隧道在我的庄园里。到家之后,我会带你去,不过要等到晚上。这几个女孩会在隧道里等我们。她们会跪在沿着左边墙壁排开的祷告椅上,脸用一块黑布蒙上。靠右边的墙壁则放着一排老旧的长柜子,上面摆着不同的物件。我通过触摸那些物品,来猜测它们到底是什么。我也会触摸这些女孩的脸,一边摸,一边想象着我自己并不认识她们……"

有那么一瞬间,他沉默了。他抬起手,那双手仿佛在等着触摸那些物品,或是抚摸那些面孔。他忽然意识到了自己的沉默,于是收回了手;他的这个动作让我想起了那些从窗口缩回去的脑袋。他想继续向我解释,但最终只问了一句:

"你明白吗?"

我勉强回答道:

"我在努力地理解。"

他望向窗外的风景。我偷偷转过头望向女孩们的脸:她们并没有注意我们到底在说些什么;她们的单纯一览无余。几秒钟后,我用手肘碰了碰我的朋友,对他说:

"既然她们都在黑暗里,为什么还要在她们的头上蒙一块布呢?"

他回答说:

"我不知道……但我喜欢这样。"

他继续望向窗外的景色。我也看向车窗,但目光落在了我朋友的那个黑色的脑袋上:它就像是天边一朵静止的云;我忍不住想,它曾经还从哪些地方的上空飘过呢?当得知他的脑袋里装着关于隧道的想法后,我对它开始有了不一样的理解。也许,当我们还在学校的时候,在那些他将脑袋静静地靠在绿色墙壁上的早晨,某条隧道就已经在他的脑海里默默形成了。当年我们逃课去公园的时候,我并不知道他脑海里酝酿的那一切，不过这并不奇怪。然而，尽管当年我不理解他的想法，却依然追随着他，而如今我仍旧不得不这么做。不管怎么样，我俩仍然保留着和儿时一样的情谊；而我也同过去一样，依然不明白如何才能看透一个人。

公共汽车发出的噪声和窗外不断掠过的景色分散了我的注意力；然而，与那条隧道有关的念头却时不时地闯入我的脑海。

当我和我的朋友抵达庄园的时候，亚历杭德罗和女孩们正试图推开庄园的铁门。树叶从高大的树木上落了下来，堆积在灌木丛中，看起来就像是杂乱的废纸篓。铁门和落叶上弥漫着一股湿漉漉的铁锈味。庄园里的小径隐没在矮小植被之间，我们沿着那些小径往前走，不一会儿，庄园深处的一幢古老建筑出现在我们的视线里。当我们走到建筑跟前，女孩们发出了痛苦的惊叫声：门前的台阶旁有一个摔得支离破碎的狮子像——它显然是从露台上掉下来的。

这是一间令人着迷的房子，里面的每一个角落都充满了诱惑力。不过，要想弄清楚屋子的角角落落里都藏了些什么，我得花上大量时间，独自一人，慢慢摸索。

站在屋顶瞭望台上，我看到有一条小溪涓涓流过。我的朋友对我说：“你看到那个大门紧闭的车库了吗？其实那就是隧道的入口；隧道沿着溪流的方向延展。你看见院子尽头的那个凉亭了吗？就是台阶旁的那个。隧道的尽头就藏在那里。”

"穿过隧道要花多少时间?我指的是,一边触摸那些物品,还有女孩的脸……"

"呀!花不了多少时间。从它把我们吞没,到把我们消化干净,前后用不了一小时。不过,从隧道里出来之后,我会躺在沙发上,开始回味那些我所记得的、发生在隧道的事情。现在我说不出来什么,因为这里的光线太强了,它破坏了我在隧道里的记忆,就仿佛摄影师用相机拍摄的图像还未定影,就忽然遭到曝光一样。当我在隧道里的时候,我没办法忍受自己想起任何在亮处的回忆。在亮处,一切都失去了魔力,就像是剧院舞台上的夜间布景,天光大亮的时候,它们便瞬间失去了前夜的魅力。"

他对我说话的时候,我们正走到楼梯上一处光线暗淡的转角。我们继续往下走,映入眼帘的是笼罩在昏暗中的餐厅;餐厅中央飘浮着一张巨大的白色餐桌布,看起来仿佛是一个全身被扎满各种物品、已经死去的幽灵。

四个女孩坐在餐桌的一头,而我们三个男士则坐在另一头。隔在我们两拨人之间的那张餐桌长达数米。自从我的朋友和他的大家庭入住这间屋子以来,家里的老仆人就习惯了把整张餐桌都摆满。整个餐厅里只有我的朋友和我在说话。亚历杭德罗那瘦削的脸庞被他的胡须紧紧地包围着,我不知道他心里到底是在想"我会安守本分",还是在想"我不会打搅各位"。在餐桌的另一头,女孩们正在说笑,不过音量并不大。而在我们这一头，我的朋友对我说：

"你有时候会需要一些深切的孤独感吗？"

我吸足了一口空气，发出了深深的叹息。我对他说：

"有两个带着收音机的邻居住在我的对门；每天早上他们一醒过来，就举着收音机钻到我房间里。"

"你为什么让他们进来？"

"不，我的意思是，他们把收音机的音量调得很高，以至于听上去就像他们在我房间里一样。"

我还想说些什么，但我的朋友打断了我：

"你知道吗？我在庄园散步的时候，经常会听到收音机的声响，它使我失去了对树木和对我整个人生的看法。这是一种玷污，因为它破坏了我所有的想法：我的庄园似乎不再属于我了。而且我不止一次地感到自己生错了时代。"

就在这时，我几乎忍不住要笑出声来，因为亚历杭德罗总是低垂着眼睛，发出一种打嗝似的声音——每打一个嗝，他的脸颊就鼓起来，像是一个喇叭手。不过我极力掩饰了笑意，赶紧接着我朋友的话问道：

"现在收音机的声音还会困扰你吗？"

我们的对话听起来很蠢。当我决定开始集中精力吃饭的时候，我的朋友还在继续说：

"后来，那个老是让我的庄园充满噪声的家伙来找我，请求我为他的贷款做担保……"

亚历杭德罗向我们打了个招呼，说要离席一会儿。他站起身，向其中一个女孩做了个手势。当他俩一起离开的时候，他又打了个嗝，胡须都被震得飞了起来，就仿佛是海盗船上扬起的黑帆。我的朋友继续说道：

"我对那个家伙说：'我不但能为您做担保，而且还可以给您分期还款。不过，前提是您得在周末把收音机给关掉。'"说罢，他望向亚历杭德罗原先坐的那把椅子，开口道：

"他是我的人。他在隧道里摆上了各种各样的东西，隧道就像交响乐一样热闹。他刚才离席是去确认他没有在布置的过程中落下什么。在过去，我经常白白浪费他的心血，因为每当我猜不出某样东西是什么，我就会让他直接告诉我答案；然后，他就不得不费尽心机去找其他新的物品来代替它们。而现在，当我猜不出某样物品是什么，我就会把它留到下一个环节。当我摸了很久，还是猜不出是什么物品的时候，我会拿出随身携带的标签贴在上面，然后亚历杭德罗就会把这个物品从隧道里撤走一段时间。"当亚历杭德罗回来的时候，我们已经酒足饭饱。这时，我的朋友拍了拍亚历杭德罗的肩膀，对我说：

"现在站在你面前的可是位伟大的浪漫主义者；他是隧道里的舒伯特。不过，和舒伯特本人比起来，他更加害羞，胡子也更加浓密。你要知道，他和一个从未谋面的女孩相爱了——他甚至连她的名字叫什么都不知道。每晚十点以后，他就到仓库里整理书本。他喜欢独自沉浸在弥漫着木头气息的幽静里。有一天晚上，电话铃响了，他从书本上跳了下来：原来是有个女孩拨错了号码。不过，从那天开始，她每晚都会拨错电话。亚历杭德罗至今都不敢靠近女孩——除了用听觉和意念。

一抹深深的红晕蹿上了亚历杭德罗的脸颊，几乎染上了他的胡须。我开始有点喜欢他了。

午餐过后，亚历杭德罗和女孩们出门去散步，我和我的朋友则倚靠在他房间的沙发上小憩。午休结束后，我们也出门了，整个下午都在外踱步。随着黄昏的迫近，我朋友说的话越来越少，动作也越来越迟缓。日光逐渐黯淡，而外物在光线下挣扎着。夜晚将变得格外黑暗。我的朋友开始在树木和植被之间摸索前行——日光在消失之前，将周遭的一切都变得朦胧而模糊。很快，我们将带着关于这些模糊景色的回忆进入隧道。我的朋友在车库的门前拦住了我，在他开口之前，我听见了溪流潺潺的水声。他对我说道：

"现在，你还不能去摸那些女孩的脸，因为她们对你还不够熟悉。你只能碰右侧展柜上的东西。"

亚历杭德罗的脚步声已经传来。我的朋友压低了嗓音，再次告诫我：

"你只能走在我和亚历杭德罗之间，任何时候你都不能改变队形。"

他打开了一盏小小的手电,为我照亮了最上面的几级台阶——台阶是土制的,上面还长着一些褪色的细草。我们走到了另一扇门的门口,他关掉了手电。进门之前,他又向我强调了一遍:

"我已经说过了,展柜就在你的右手边,你走两步就能够到。这里是展柜的边缘,你摸摸看。这上面摆着的是第一件物品:我之前一直都猜不出它是什么。现在就看你的了。"

起初,我把手放在了一个方形的小盒子上——盒上有一个凸出的圆面。我无法判断凸起的部分有多硬,也不敢把指甲掐上去。我摸到了一个光滑的槽面,又触到了一个质地略微粗糙的部分;在盒子的某一边缘,我摸到一些凸起的斑点……感觉像是一些小疙瘩。我的感觉很糟,于是把手抽了回来。他问我:

"你想到什么了?"

"没什么特别的感觉。"

"你的反应告诉我,你想到什么了。"

"我想起了小时候见过的某种大癞蛤蟆,它们的背上布满了疙瘩。"

"呀!你继续说。"

接着,我又摸到了一坨质感类似于面粉的东西。我饶有兴趣地把手指插了进去。他对我说:

"展柜边有一块挂在图钉上的布,之后你可以用它来擦手。"

我带着暗示的口吻回答他说:

"我倒希望这是一片面粉做的海滩。"

"好吧,你继续。"

接着,我摸到了一个塔形的笼子。我晃了晃笼子,试试里面到底有没有鸟。就在这时,眼前闪过一道微弱的光芒;我不知道这光从何而来,也不知道是什么物体发出的光芒。我朋友的脚步声响起,我问道:

"发生什么事了?"

而他的声音几乎与我的同时响起:

"你怎么了?"

"你没看到刚才闪过一道光吗?"

"你不用担心。隧道很长,如果四个女孩均匀地分布在隧道里的话,那么每个人之间要隔上相当长的一段距离,所以,我让她们每人都用手电筒的光来向我指示她们各自的位置。"

我转过身,看到有个光点在黑暗里闪了好几次,就仿佛是一只飞舞着的小萤火虫。此时,我的朋友对我说:

"在这儿等我一下。"

他朝着光源走去,身影将光线遮住了。我想象着他的手指在黑暗中张开,又在女孩的脸颊上重新聚拢。

忽然,我听到他的声音:

"我第一次摸到的是你,胡利娅,这已经是第三次了。"

一个纤细的声音响起：

"我不是胡利娅。"

就在这时，我听见亚历杭德罗走近的脚步声，于是我赶紧问他：

"第一个盒子里装的到底是什么？"

他犹豫了一下，最后告诉我：

"一个南瓜壳儿。"

我朋友愤怒的叫声把我吓了一跳：

"还请你不要问亚历杭德罗任何问题。"

我努力地咽下他说的这句话，然后重新把手放到展柜上。在接下来的游戏时间里，我们谁都没有出声。我辨认出的物品依次是：一个南瓜壳儿，一堆面粉，一个空的鸟笼，几双婴儿鞋，一个西红柿，一副长柄眼镜，一双女式长筒袜，一台打字机，一个鸡蛋，一个普利莫斯炉的炉架，一个充了气的足球，一本展开的书，一副手铐，还有一只鞋盒，里面放着一只褪了毛的鸡。我觉得亚历杭德罗选择把鸡肉安排在最后的位置是一个失误：摸索那冰冷的、布满疙瘩的鸡皮，让我感觉非常不好。就在我们即将离开隧道的时候，亚历杭德罗为我照亮了通往凉亭的台阶。当我们走到一段有照明的长廊时，我的朋友亲昵地拍了拍我的脖子，就仿佛在为他之前的失礼而道歉。不过，他又立马转过头，仿佛在说："现在我有其他的事情要做，得忙上一会儿。"

在去他的房间之前,他用食指做了个手势,示意我跟着他;接着,他又把同一根手指竖在了嘴唇前,让我保持安静。到了他的房间之后,他开始挪动沙发,把它们都背靠背地放在一起,这样一来,我们坐下来的时候,就看不到彼此的脸了。他在一张沙发上躺下,而我躺上了另一张。我沉浸在自己的思绪中,发誓要尽可能地弄清楚这到底是怎么一回事。

过了一会儿,他低沉的嗓音把我吓了一跳:

"我希望你明天一整天都能在这里度过,不过我有个条件……"

我沉默了几秒,回答道:

"我可以留下,不过我也有个条件。"

他笑了起来,然后对我说:

"这样吧,我们每人都在纸上把各自的条件写出来,你觉得如何?"

"好主意。"

我取出了一张卡片。虽然我们背靠着背,但头挨得很近,所以我们越过肩膀交换了各自的卡片,但没有回头。他的卡片上写着:"我需要一整天都在庄园里独自散步。"而我的卡片上则写着:"我想一个人待在房间里。"

他又笑了起来。笑声未落,他站起身,出去了几分钟。回来的时候他告诉我:

"你的房间在我房间的正上方。现在我们去吃饭吧。"

在饭桌上，我认出了一个老熟人：隧道里的那只鸡。

吃完晚餐后，我的朋友对我说：

"我想邀请你和我一起听唐·克劳迪奥①的四重奏。"

他对德彪西的熟悉程度已经到了让我发笑的地步。我们躺在各自的沙发上。有一回，他起身去换唱片。他把唱片拿在手里，对我说：

"当我在隧道里的时候，我感到各种思绪都涌上脑海，然后不断向外发散。"

唱片放完之后，他继续说道：

"我以前和别人住得很近，我习惯于收集那些不属于我的记忆。"

那天晚上，他没有再和我说别的什么。我独自回到我的房间，带着极度兴奋的情绪在房间里踱来踱去：就在刚才，我忽然意识到，隧道里最主要的那个物品其实是我的朋友。就在我沉浸在自己的想法中时，他匆匆上楼，打开了我的房门，面带微笑地把头探进我的房间，对我说道：

"你的脚步声太响了，我有点受不了；我的房间就在你的正下方，所以声音听得一清二楚……"

"啊，非常抱歉！"

他一离开房间，我就脱掉了鞋子，穿着袜子在房间里踱

---

① 这里的唐·克劳迪奥指的就是下文提到的德彪西，著名的法国作曲家。

步。没过多久,他又上楼来到我的房间:

"亲爱的朋友,你这样让我感觉更不妙了。你刚才的脚步声就像是心跳。以前,有几次我觉得我的心脏就是像那样跳动的,感觉就像是有人一瘸一拐在我的身体里走动。"

"哎呀,你肯定很后悔让我在你家留宿。"

"正好相反。我刚刚还在想,当你走了之后,你住过的那间房间会显得多么冷清啊。"

听了他的话,我只得强颜欢笑,他很快就离开了。不久,我便睡着了,但是睡了一会儿就醒了过来。远处传来雷电交加的声音。我下了床,蹑手蹑脚地走到窗前,打开了窗户,望向天空中的白光——它似乎想把空中那些肥厚的云朵都抖落到屋顶上。忽然,我在花园的小路上看到一个人影。那人猫着腰,似乎在爬山虎丛中寻找着什么。过了一会儿,那人仍然没有起身,只是往侧边挪了几步。我决定把这件事告诉我的朋友。

楼梯在我的脚下吱呀作响,我很害怕我的朋友会被这声音吵醒,把我当成小偷。房间的门开着,他的床上空空如也。我又回到楼上,却发现刚才从窗口看见的那个人不见了。我躺回到床上,又睡着了。第二天,我下楼洗漱,仆人给我端上了一杯马黛茶。我吸着马黛茶,想起了昨夜梦中的情形:我和我的朋友站在一座墓前,他对我说:"你知道这里埋着的是谁吗?是盒子里的那只鸡。"我们俩谁都没有感觉到死亡的气息。那座坟墓就像是一只刻意模仿墓碑造型的冰箱,而我们都知道,里面装着的是食物,而非亡者。

我回想着梦中的场景,一边透过那淡黄色的窗帘望向屋外的景色,一边品尝着马黛茶。就在这时,我看见我的朋友穿过了一条小路,我不由自主地往一旁躲了躲。

最后,我决定不再看向他;而且,考虑到他现在不在房间,听不到我的脚步声,我便开始在房间里踱步。有一回,我走到了窗前,看到我的朋友正朝车库的方向走去。起先,我以为他要去隧道,心头涌起诸多猜测;不过,他忽然调转方向,走到了晒衣服的地方。他把手平放在一条床单的中央——我猜那条床单应该还是湿的。

我们见面的时候,已经是晚餐时分。他对我说:

"每当我待在店铺里的时候,就一直想着要到庄园里来。到了庄园,我又感到非常无聊和压抑。不过,我需要孤独,我需要独处。还请你原谅我!……"

我趁机对他说:

"昨晚应该有狗跑到庄园里来了……今天早上我看到紫罗兰被丢在路中间。"

他微微一笑:

"那是我干的;我喜欢在天亮之前把它们从叶子间摘下来。"

接着,他露出了另一种笑容,仿佛别有深意。他对我说:

"我出去之前是把门开着的,不过我回来的时候发现,门已经被关上了。"

我也露出了一个微笑:

"我担心有贼,所以下楼来通知你。"

那晚,我们回到了镇上,他心情很不错。

到了星期六,我们又来到庄园,并登上了楼顶的观景台。忽然,我看到那四个女孩中的一个朝我们走了过来。我以为女孩是要和我讲什么悄悄话,所以我偏过了头;然而,女孩却在我的脸颊上落下了一个吻。这一切像是事先计划好的。我的朋友开口道:

"这是什么意思?"

女孩回答说:

"现在我们又不在隧道里。"

"但现在还是在我家。"他说道。

就在这时,其他三个女孩也来了。她们告诉我们说,她们几个正在玩罚物游戏,那个吻是输掉比赛的惩罚。为了掩饰自己的情绪,我开玩笑说:

"这样的惩罚也太严重了,下次别这样了!"

一个矮小的女孩回答我说:

"我希望那个受惩罚的人是我!"

谈话到这里就圆满地结束了,但我的朋友仍一直闷闷不乐。

黄昏落幕,我们照例走进了隧道。我又摸到了那个南瓜壳,但我的朋友在上面贴了一张标签,示意亚历杭德罗把它从展柜上清除出去。接着,我又摸到了一堆沙质的东西。不过我对这些东西并不感兴趣。我心不在焉地想,第一个女孩的手电马上就要亮起来了,不过我的双手仍旧在那堆沙子里摸索。不一会儿,我又摸到了几样带流苏的纺织品,我很快就意识到它们是一副手套。我在想,摸到这副手套对我的手来说意味着什么?也许对我的手来说是一个惊喜,但对我来说并不是如此。我又摸到了一块玻璃,就在这时,我忽然想到,也许是我的手想试一试那副手套。我准备戴上手套,却又停住了:我表现得就像是一个不想在任何方面都满足女儿任性愿望的父亲。紧接着,我又有了其他的念头。在双手的世界里,我的朋友实在是领先太多了。也许,他激起了它们的独立本能,让它们发展了太多自己的生活。我又想起了上一次游戏中那些给我的双手带来了许多乐趣的面粉。我心想:"我的手喜欢生面粉。"为了尽力把这个想法抛诸脑后,我又去触摸那块之前碰过的玻璃,玻璃的后面有一个支架。也许那是一幅肖像画?不过我怎么知道呢?更糟的是,它也有可能是一面镜子……我发现自己被想象力欺骗了,就像是黑暗对我开了某种玩笑。几乎就在同时,我看到了第一个女孩的手电发出的光芒。不知道为什么,在那一刻,我想起了刚才摸过的那团沙石,我忽然就明白了:那是从露台上落下的狮子的脑袋。我的朋友正在和其中的一个女孩说话：

"这是什么？玩具娃娃的脑袋？一条狗？还是一只母鸡？"

"不是，"女孩回答说，"是那种黄色的花……"

他打断了她的话：

"我不是告诉过你们不要把任何东西带进来吗？"

女孩喊道：

"愚蠢！"

"什么？你是谁？"

"我是胡利娅。"女孩坚定地回答道。

"以后再也不要把其他东西拿在手里带进来了。"我朋友的语气变得很弱。

随后，他走到展柜附近，对我说：

"得知在这片黑暗中有一朵黄色的花，我很高兴。"

就在这时，我感觉到有什么东西擦过了我的外套，我的第一反应是那副手套，就好像我默认那副手套可以自己走路一样。不过，与此同时，我也想到了某个人。于是我对我的朋友说：

"有人刚才蹭到了我的外套。"

"绝对不可能。这肯定是你的幻觉。在隧道里产生幻觉是很常见的现象！"

没有料到的是，我们忽然听见了一阵强烈的风声。我的朋友大喊起来：

"那是什么?"

奇怪的是,我们都听到了风声,不过我们的手上和脸上都没有风刮过的感觉。这时,亚历杭德罗开口了:

"这是一台模仿风声的机器,我从一个剧院的道具师那里借来的。"

"很好,"我朋友说道,"不过这可不是为手设计的……"

他沉默了几秒,忽然问道:

"是谁把机器打开的?"

"是第一个女孩——您碰了她之后,她就往机器那里去了。"

"啊!"我说,"看到没?刚才碰到我的人就是她。"

就在当晚,我的朋友换唱片的时候对我说:

"今天我很开心。今天我猜错了很多物品——我把它们误以为是其他的东西,这为我创造了许多意想不到的回忆。当我在黑暗中开始挪动身体的那一刻,我觉得自己好像很快就要撞上某种奇怪的东西了,我感到我的身体在隧道里以一种奇怪的方式存在着,而我的脑袋里似乎马上就能涌现出某种重要的领悟。当我放下手头的物品,转过身准备去触碰女孩的脸时,突然之间,我意识到是谁在生意场上欺骗了我。

我回到了自己的房间。在睡觉之前,我想象着那副羚羊皮的手套被女人的纤纤玉手填满。然后,我想象着自己把那副手套剥下来,就像是剥掉手的衣服。然而,当我睡着之后,那副手套在梦里变成了香蕉皮。我应该睡了很久，然而，我忽然在梦里感觉到有一双手在抚摸着我的脸颊。我尖叫着醒了过来，在黑暗中飘浮了几秒钟，最后意识到自己刚才做了噩梦。我的朋友跑上了楼，问道：

"你怎么了？"

我开口道：

"我刚才做了个梦……"

但是我没有继续说下去；我不想把这个梦的内容告诉他，因为我害怕他听完之后，突发奇想要摸我的脸。他很快就离开了我的房间。在那之后，我一直醒着。然而，没过多久，我听到房间的门缓缓地开了，我失声喊道：

"是谁？"

就在这时，我听见动物的爪子踩在楼梯上的声音。我朋友重新走上楼，他对我说，是他把门打开的，还说刚才有一条狗跑进了家里。

他慢慢走下楼。

在之后的那个周六，我们刚刚走进隧道，就听到了几声软绵绵的叫声，像是一只小狗崽发出来的。其中一个女孩扑哧一声笑了出来，我们也跟着笑出了声。笑声激怒了我的朋友，他朝我们大发雷霆，我们赶紧闭上嘴。然而，就在他说话的间隙里，小狗崽的叫声却变得越来越响亮，我们忍不住又大笑起来。这时，我的朋友怒吼道：

"你们都走吧！出去！你们都出去！"

我们这些站在他身边的人都听见了他发出的喘息声，紧接着，他的声音变得微弱起来——仿佛他想把自己的脸孔彻底隐没在黑暗之中，他说道：

"胡利娅留下。"

就在那一瞬间，我产生了一种无法抗拒的冲动：留在隧道里。我的朋友等待着众人的离去。时间一点点流逝，胡利娅开始从远处用手电筒发出信号。手电筒的光有规律地闪烁着，仿佛是灯塔散发出的光芒。我的朋友迈着沉重的步子向光源走去，而我努力和他保持相同的步调，以掩盖我自己的脚步声。当我靠近胡利娅的时候，她说：

"当您触碰我的脸的时候，您还能想起其他人的脸吗？"

因为犹豫不决，他在回答"是"之前，把"S"① 这个音拖得很长。说完"是"之后，他立刻补充了一句：

"……其实……此刻我想起了我在巴黎认识的一个维也纳女人。"

"她是您的朋友吗？"

"她的丈夫是我的朋友。不过，有一次他从一匹木马上摔下来了……"

"您是认真的？"

---

① "S"为西班牙语的"是"(Sí) 的第一个音。

"你听我慢慢和你解释。他一直体弱多病。他有一位有钱的姨妈住在外省,这位姨妈要求他好好锻炼身体。他是姨妈养大的,所以他只能遵照嘱咐,经常给姨妈寄去一些自己穿着运动服的照片;但实际上,他每天除了阅读,其他什么也不做。结婚后不久,他想拍一张自己骑在马背上的照片寄给姨妈。戴着牛仔帽骑在马背上让他自我感觉非常良好;不过,他骑的是一匹被蛀空的木马,木马的一条腿出其不意地断了,他从马背上摔下来,摔断了胳膊。"

胡利娅发出了短促的笑声。他继续说道:

"因为这场事故,我去他家探望他,也因此结识了他的妻子……起初她和我说话的时候,脸上总挂着一个俏皮的微笑。她的丈夫被前来探病的人围在中间,受伤的胳膊吊在肩膀上。他的妻子给他端去了肉汤,但他说自己没有任何胃口。来访的人都说,骨折之后确实会没有胃口。我心想,这话说得好像他们都经历过骨折似的。我忍不住在脑海里勾勒出这样的场景:他们躺在昏暗的房间里,肿胀的胳膊和腿都被白色的绷带层层缠住。(就在这时,小狗又出其不意地发出了"呜呜"的叫声,胡利娅扑哧一声笑了。我很怕这个时候我的朋友会出去找狗,然后和我撞见。不过,没过多久他又继续讲起了故事。)

"当他可以下床之后,受伤的胳膊用三角绷带挂在胸前,走起路来总是慢悠悠的。他外套的一只袖管空荡荡的,因此从背后看去,他就像是带着手风琴上街的算命人。他请我陪他去地下室取一瓶好酒,但他的妻子不放心他独自带路。最后,他走在最前面,手里举着一支蜡烛;烛火烧到了蜘蛛网,蜘蛛四散逃离;他的妻子跟在他身后,而我走在最后……"

他停止了叙述,胡利娅问道:

"您刚才说,最开始的时候那位太太总是对您露出俏皮的微笑。那后来呢?"

我的朋友忽然变得恼火起来:

"我从来没说过她只对我一个人露出俏皮的笑容!"

"您之前说过,一开始的时候是这样的。"

"好吧……到后来也没什么变化。"

小狗呜呜地叫着,胡利娅开口道:

"这件事我一点都不介意;不过,您让我的脸变得很烫。"

这时,我听到跪椅被拖到一边的声音,接着是他们离开的脚步声,最后门被关上了。

闻状,我急忙跑到门口,手脚并用地敲打着门。我的朋友打开了门,问道:

"是谁?"

我应了一声。他看清是我之后,嘟嘟哝哝地说了一句:

"我希望你再也不要到我的隧道里来了……"

他还想说些什么,不过欲言又止,转身离开了。

那晚,我、女孩们和亚历杭德罗一起坐上了回镇上的公共汽车；他们坐在前面，我坐在后面。他们没有一个人回头看我，我觉得自己像是一个叛徒。

几天之后，我的朋友登门拜访；他来访的时候已是夜晚，我已经躺到了床上。他为这么晚打扰我而道歉，又为上次把我赶出隧道的事情向我赔了不是。虽然我对他的到来表现得很高兴，但他仍然很担心。忽然，他对我说：

"今天胡利娅的父亲到我店里来了。他说不希望我再碰他女儿的脸了。不过，他向我暗示，如果我向他女儿求婚的话，他并不反对。她父亲说话的时候我看了胡利娅一眼，她正低着头在刮手指甲上的彩釉。那一刻我忽然意识到，我爱她。"

"再好不过了，"我回答说，"你不能和她结婚吗？"

"不能。她不希望我在隧道里摸别人的脸。"

我的朋友坐在那里，他把双肘撑在膝盖上。忽然，他把脸埋在了双臂之间；那一瞬间，我觉得他的面孔小得就仿佛是羊羔的脸。我把手放在了他的肩膀上，不经意地碰到了他那卷曲的头发。这时候，我觉得自己正在抚摸隧道里的一个物件。

长得像马的女人

从几年前的夏天开始,我怀疑自己曾是一匹马。每到夜晚,这种想法就犹如马匹回到马厩那样,跃入我的心底。只要我作为人类的身体一躺下,过去作为马的记忆便开始在我的脑海里驰骋。

某夜,我走在一条土路上,马蹄不时踩过路面上的斑驳树影。月亮在一侧跟着我,而我的影子在另一侧拖着我。马蹄踏在土路上溅起土块,而我的影子则一路遮掩着马蹄在地上留下的破碎足迹。与此同时,树木的影子朝我迎面压来,最后慢慢地吞没了我的影子。

疲惫的躯体压得我喘不过气来,脚踝处袭来阵阵疼痛。有时候,我会忘记协调自己的前肢和后肢,以至于走得跌跌撞撞,还差点摔倒。

忽然之间,我嗅到了水的气味。但那只是附近的一个死水塘散发出的味道。我的眼睛总是泪眼蒙眬,像是两潭池水,大大小小、远远近近的事物纷纷倒映在它们那倾斜的表面。我无所事事,唯一关注的就是周围有没有可疑的影子,或者有没有来自其他动物和人类的威胁。当我低下头去啃食树下的小草时，还必须小心避开那些带刺的杂草。如果不小心被刺扎到了，我就得不断地嚅动嘴唇，直到那些刺从我的嘴唇上脱落。

在夜深人静的时候，哪怕觉得饥肠辘辘，我也绝不会停下脚步。我发现，身为马的我，身上留有一些和人类极为相似的特性：一种巨大的懒惰。在这种慵懒的状态里，回忆随心所欲地涌现出来。我还察觉到，要让往事重现，就得把过去的记忆缠绕在一起。要做到这一点，我就必须不断地走动。在那段岁月里，我为一个面包师干活。是他，曾经让我充满幻想，让我觉得自己仍然有获得幸福的可能。他用一个袋子蒙住我的眼睛，把我绑在一根杆子上，杆子连着一个机器，像磨盘一样转动，只不过面包师用它来揉面。我和这台机器连在一起，随着这根像分针一样的杆子，每天都要绕上整整几个小时。我不慌不忙地转着圈，听着自己的脚步声和齿轮咬合的声响，记忆如走马灯一般在眼前闪现。

我们每天一起工作到很晚。完工之后，他会用玉米粒喂我。我一边用牙齿咀嚼着玉米，一边任思绪徜徉。（那时，我虽已化身为马匹，心里却想着不久前——也就是我还身为人类的时候——发生的事情：有一天晚上，我因为饥饿而在床上辗转难眠，忽然，我想起衣柜里还有一包薄荷糖。我把糖拿出来吃掉了。我咀嚼糖果时发出的声音就和此时嚼玉米粒发出的声响一样。)

而现在，周遭的现实突然让我切身地体会到此时此刻身为一匹马的感觉。我的脚步声引起了一阵深沉的回响；当我踏上一座巨大木桥，桥梁在我的马蹄下吱呀作响。

沿途经过不同的道路，我却总是怀着相同的记忆。这些回忆在我的脑海里夜以继日地流淌，就如同纵横的水道穿过同一片土地。有时候它们在我眼前静静流过，有时候却会突然决堤。

当我还是一头小马驹的时候，我非常讨厌那个负责照料我的雇工。那时候，他也只是个毛头小子。有一次，太阳下山之后，那个倒霉鬼忽然打了我的鼻子；我的血液瞬间就被怒火点燃了，登时狂性大发。我扬起前蹄，把那个小雇工甩了出去，又咬伤了他的脑袋和大腿。目击者肯定见到了那样的一幕：我转过身，鬃毛飞扬，然后用后腿又给了那个倒霉鬼几下，直接送他上了西天。

第二天，很多人都从雇工的灵堂里出来，前来围观我如何受罚：负责对付我的是几个大汉，他们要为死去的雇工报仇。我身上的那头小马驹被杀死了，存活下来的是一匹马。

不久之后，我度过了漫长的一夜。我保留了前世的一些"小聪明"。那天晚上，我灵机一动，越过栅栏，跳到了公路上。我非常勉强地完成了这一跃，离开的时候身上挂了彩。那一刻起，我获得了自由，却也开始了悲伤的流浪。我拖着沉重的身躯前行,身上的每一个部分都在叫嚣着分家,谁也不肯使劲;它们就像是打定主意要和主人对着干的奴仆,不管做什么都要使坏。当我想从地上爬起来的时候,我必须说服身上的每一个部分,但是到了最后一刻总会有意想不到的抗议和抱怨。饥饿总是有办法让它们一起行动;但最有力的鞭策还是害怕被抓的恐惧。如果落在某个卑鄙的人手里,那么当他对着我身体的某个部位专门毒打的时候,身体的所有部位都会合力拯救受伤的那个部位,使其免受进一步的伤害——面对毒打,身体上没有一个部位可以置身事外。在挑选主人的时候,我试着选择那些栅栏比较低的人家;一旦主人动手打我,我就离开,再次踏上充满饥饿的逃亡之路。

有一回,我碰到了一位下手极为残忍的主人。最初的时候,他只在骑着我经过他未婚妻的家门口时才会挥鞭子抽我。后来,他开始在马车上放非常重的货物,它们实在太重了,以至于我的前蹄腾空,无法着力。见此情景,他一怒之下就对着我的肚子、四蹄和脑袋抽打起来。我在一个傍晚逃走了。我不停地奔跑着,直至夜幕降临。有了夜色的掩护,我才敢放慢脚步。我穿过一座村庄的边境,停在了一个棚屋前。屋子里生着火,火堆正在向外冒烟。借着那若隐若现的火光,我看到屋里有一个戴着帽子的男人。那时已是夜晚,但我还是选择继续前行。

当我再次启程的时候,我感觉身上轻松了许多,仿佛身体的某些部分被落在了原地，或是在夜里跑丢了。于是，我加快了步伐。

我远远地看到前方有一些树，树叶间有光亮在闪烁。忽然之间，我意识到路的尽头有一片光明。我感到饥肠辘辘，但还是决定在抵达那片光明之前不吃任何东西：路的尽头很可能是一个村落。我沿着道路往前跑去，速度却越来越慢。那片散发着光芒的土地似乎是一个我永远都无法抵达的地方。我逐渐意识到，我身体的任何一个部分都没有抛下我，它们一个接着一个地往前跑，带着饥饿和疲惫追上了我；而最先追上我的，是那些感到疼痛的部分——我已经不知道该怎么向它们隐瞒过往的一切了。我向它们展示了主人把马鞍从我身上卸下的那段回忆：他那短小、瘦削的身影在我的身边慢悠悠地打转。就是这个人，在我还是一头小马驹的时候，我就应该杀了他。那时，我还是完整的，信念和愤怒能驱使我把身体所有的部分都团结起来。

有几栋房子映入了我的眼帘，我停下脚步，开始啃食房子附近地面上的野草。我的身上有着大块黑白相间的斑点，很是显眼，因此很容易被人发现。但是夜已经深了，此时没有人在外面活动。我每打一个喷嚏，就会扬起一些尘土——虽然我看不见，但灰尘会钻进我的鼻子。我走上了一条路面非常坚硬的大街，那里有一扇很大的门。就在我穿过大门的时候，我看到有许多白色的斑点在黑暗中移动。他们是穿着白色长袍的孩子。在孩子们的驱赶下,我不得不跑上了一段小小的阶梯。然而,楼上的人也开始驱赶我。我继续往前走,蹄甲踏得地板吱呀作响。忽然之间,我发现自己闯入了一个灯火通明的舞台,台下坐满了观众。观众席上瞬间爆发出尖叫和哄笑声。那些原本穿着长袍、站在舞台上的孩子向四周逃散;观众们都沸腾了;观众席上也坐着很多孩子,他们不住地大喊:"有一匹马,有一匹马……"其中有一个小男孩,他的双耳上有一对褶皱,仿佛头上罩着一顶巨大的帽子,耳朵被帽子压得折了起来。折耳男孩大喊道:"这是门德斯先生家的马。"最后,一位女老师走上了舞台。她也忍不住笑了,但还是强装镇定,要求台下的观众保持安静。她还说,节目还差一点没有演完,接着,她开始向观众讲解这出戏的结局。然而,她没讲多久,就又被观众席上的喧闹给打断了。我感到非常疲倦,于是在地毯上躺了下来。观众们又为我鼓起掌来,只听台下掌声雷动。最后,演出结束了。有些人走上了舞台。有一个大约三岁的女孩挣脱了母亲的怀抱,走到我的身边,张开了她那只星星般的小手,摸了摸我那被汗水湿透的背脊。当她的母亲把她带走的时候,她举起了张开五指的小手,说道:"妈妈,马儿的身上都湿了。"

  与此同时,一位穿着考究的先生用食指指向女老师,就仿佛他要去敲钟一样;他用怀疑的口吻说道:"这肯定是您提前给我们准备的惊喜,只不过这匹马进来的时间比您预计的要早一些。马是一种很难驯服的动物，我有一匹马……"那个折耳小男孩，掰开了我的上唇，看了看我的牙齿，然后说道："这是一匹老马。"女老师打算将错就错，让观众都以为这匹马是她准备的惊喜。这时，女老师的一位朋友过来向她打招呼——她是女老师幼时的玩伴。这位朋友开始回忆她们在学校里的一次争吵，而女老师则想起了这位朋友在那次吵架时候对她说的话——朋友对她说，你长着一张马脸。听到这话，我很吃惊，心想：原来这位女老师长得像我啊。但无论如何，在一个可怜的哑巴动物面前说这种话，是非常失礼的。当着我的面，她不应该说这种话。

当掌声和骚动逐渐平息的时候，一位年轻人出现在座位间的过道里。他上前打断了女老师——她正在与儿时的玩伴以及那个竖着食指仿佛要敲钟的先生谈话——大声说道：

"托马萨，圣地亚哥先生说，我们最好去甜食店聊天，这里的灯都开着，太费电了。"

"那马呢？"

"亲爱的，你总不能一晚上都留在这里陪它吧。"

"亚历杭德罗马上会拿一根绳子过来，我们把它牵回家去。"

年轻人走上舞台，继续和台上的三个人说话，他言语间流露出了对我的不满：

"我觉得托马萨的决定并不明智。没必要把这匹马带回家。我刚才听苏维里亚家的姑娘说了，一个独居的女人在家养着一匹毫无用处的马，是没有任何意义的。母亲也说了，把这匹马带回家，会引起很多麻烦。"

但托马萨回答说：

"首先，我并不是独居在家，坎德拉里亚能给我搭把手。其次，我可以去买辆马车，这样马就有用了，也应该可以堵住那帮老处女的嘴了吧。"

就在这时，亚历杭德罗，也就是那个折耳小男孩，拿着绳子走了进来。他把麻绳套上了我的脖子。他们想让我站起来，但我竟动弹不得。

竖着食指的那位先生说：

"看样子，这匹马得了蹄叶炎，得找人给它放血才行。"

听了这话，我吓坏了。我使了很大的劲儿，最终站了起来。我迈着僵硬的步子往前走，就仿佛是一匹木马。他们牵着我，顺着后门口的台阶走了下去。我们来到了院子里，亚历杭德罗给我做了一副临时的马镫，接着，他爬到了我的背上，开始用鞋跟踢我，还用绳子的一端抽打我。我无比煎熬地绕着剧院走了一圈；不过，当女老师看见了这一幕，就立刻让亚历杭德罗从我身上下去。

我们往镇子里走去。尽管我的步履沉重，浑身疲倦，但我还是没能在一处歇下来。我仿佛是一架破损不堪、早已走音的街头风琴，被迫反复敲打着同一块疼痛的骨头。疼痛使我清晰地感受到自己身上的每一个部位——它们正努力地跟上我的步伐。与我身体行动的节奏不同，我的背脊时不时地会打上一个冷战。不过，一想到稍后我能趁着休息的时刻，静静地回味那些新储存的记忆，我的背脊上又泛起了一阵期待的颤抖。

我们抵达了一家甜食店。这家甜食店看起来更像一个咖啡馆：其中一侧是台球区，另一侧则是休闲用餐区。这两个区域被一道栏杆隔开——栏杆是由几根宽大的木柱构成的。栏杆上面摆着两个包有黄色皱纹纸的花盆：其中一个花盆里养着一株几乎已经枯死的植物，而另一个花盆里则空空如也。两个花盆中间摆着一只巨大的鱼缸，里面只养了一条鱼。女老师的男朋友还在继续争辩着什么，我几乎能断定，他说的内容与我有关。就在我把头探进门的那一刻，坐在桌前的人——他们中有许多人是刚才在剧院里的观众——哄堂大笑起来，我造成的轰动效应又短暂地重现了一下。过了一会儿，甜食店的服务生提来了一桶水；那个桶闻起来有股肥皂和油脂的味道，但里面的水是干净的。我贪婪地喝着桶里的水，水桶上散发出的气味让我想起了我以前待过的一户人家：我在那里度过了一段快乐的时光，留下了一段亲密的回忆。

亚历杭德罗既不想把我拴在外面，也不想随其他人走进甜食店里去。在我喝水的时候，他一面拉着缰绳，一面用脚尖敲击着地面，好像在随着某首乐曲打节拍。后来，服务生为

我拿来了一些干草,他开口说道:

"我认得这匹双色马。"

亚历杭德罗大笑起来,立刻纠正他说:

"一开始我也以为它是门德斯先生家的马。"

"不,不是那一匹,"服务生立刻回答道,"我说的是另一匹马,不是这个镇上的。"

那个在舞台上摸过我的三岁女孩又出现了,她一手拉着一个比她稍大的女孩,一手握着一小把绿草,朝我走了过来。她想把手里的绿草丢到我那张正咀嚼着一大把干草的嘴里去。不过,最后那把草被丢到了我的头顶上,落到了我的一只耳朵里。

那晚,他们把我带到了女老师家里,将我关进了一个谷仓。女老师走在最前面带路,她一手举着蜡烛,一手护着烛光。

第二天,我发现自己站不起来了。他们打开了谷仓的一扇窗户,从那里可以望见蓝天。那个总是竖着食指的先生过来为我放了血。后来,亚历杭德罗也来了,他搬来了一张小板凳,在我的身边坐下,然后开始吹口琴。当我能重新站起来之后,我将头探出了窗户,触目可及的是一道种满了树的斜坡;透过那些树木,可以看到一条潺潺流动的河。他们从窗口给我递水,还给我送来了玉米粒和燕麦。那一天,没有发生什么值得铭记的事情。到了下午,女老师的男朋友来了。

他对我的态度好转了很多，还抚摸了我的脖子。他轻轻地拍了我几下，这几下轻拍让我意识到，他其实是个很和善的男孩。老师也摸了摸我，但她不知道怎么正确地抚摸一匹马：她摸我的时候，力道实在太轻了，弄得我感觉很痒，很不舒服。有一回，她摸了摸我的脸，我暗自思忖："难道她发现我们俩的脸长得很像？"后来，她的男朋友走到了谷仓外，在窗口给我们俩拍了一张合影：她的一只胳膊搂着我的脖子，还把头依偎在我的脑袋旁，我们俩一起从窗口探出了头。

那天晚上，我受到了很大的惊吓。当时，我正把头探出窗外，望向天空，耳畔传来了潺潺的流水声。忽然之间，我听见有人迈着缓慢而沉重的步履朝我这里走来，紧接着，一个佝偻的身影跃入了我的眼帘。那是一个头发花白的女人。过了一会儿，她又朝反方向踱了过去。接下来夜夜如此。每当她背过身去的时候，我总能看见她方正的臀部和弯曲的双腿。她的背是如此佝偻，以至于她的背影看上去就像是一张行走的桌子。在我被放出谷仓活动的那天，我看到她正坐在院子里，用一把银质手柄的小刀削土豆。

她是个黑皮肤的女人。一开始，每当她低头削土豆的时候，我总感觉她的白发在诡异地颤抖着。后来我才发现，原来她的头发周围有烟雾缭绕——女人的嘴里叼着一个小小的烟斗，烟雾不断从那里面冒出来。

那天上午，亚历杭德罗向女人问道：

"坎德拉里亚，你喜欢这匹马吗？"

她回答说：

"它的主人总有一天会找到这里来的。"

对于眼前发生的一切，我还是不愿意将它们纳入我的回忆。

有一天，亚历杭德罗把我带去了学校。一见到我，孩子们立刻喧嚷起来。不过，其中有个孩子，他只是死死地盯着我，一言未发。他的耳朵很大，张在脸颊两侧，仿佛一对跃跃欲飞的翅膀；他的鼻子上架着一副巨大的眼镜，那双斜视的眼睛却和鼻子挤在一起。趁亚历杭德罗不注意，那个斜眼的小子在我的肚子上狠狠地踢了一脚。亚历杭德罗见状，立刻跑去向老师告状。他回来的时候，看见一个女孩拿着一瓶红色的墨水，用墨水瓶的盖子在我的肚子上的那块白斑上涂涂画画；亚历杭德罗立刻跑回老师身边，对她说：

"那个女生在马肚子上画了一颗心。"

课间休息的时候，另一个女孩带来了一个很大的洋娃娃，还对我们说，放学后，她要让娃娃接受洗礼。下学之后，亚历杭德罗立刻带我离开了学校。他带着我拐上了另一条街，那并不是回家的路。我们走进了教堂，他在圣物室门口停了下来。他叫来了神父，并问他：

"神父，请您告诉我，给这匹马施洗礼要多少钱？"

"我的孩子，是谁告诉你马儿也要受洗的？"

神父的大肚子笑得直颤。

亚历杭德罗却坚持道：

"您难道不记得了？有一张圣图，上面画着圣母，她的坐骑是一头毛驴。"

"我记得。"

"那好，既然毛驴能受洗礼，那马儿也能受洗礼。"

"但那头毛驴并没有受洗。"

"难道圣母会骑在一头没有受洗过的毛驴上吗？"

牧师笑得说不出话来。

亚历杭德罗继续说道：

"您祝福了那幅画，而画里的驴子肯定也受到了您的祝福。"

我们带着沉重的心情离开了教堂。

没过几天，我们遇到了一个黑人小男孩，亚历杭德罗问他：

"我们给这匹马起什么名字好呢？"

小男孩努力在脑中搜寻着什么。最后，他开口说：

"老师以前教过我们，遇到漂亮的东西，我们该用什么词语？"

"啊，我知道了，"亚历杭德罗激动起来，"形龙词。"

到了晚上，亚历杭德罗搬了一张小板凳坐到了我的身边，吹起了口琴。这时候，女老师来了。

"亚历杭德罗，你快回自己家吧，你家里人都在等你。"

"老师，您知道我们给马儿起了什么名字吗？我们叫它'形龙词'。"

女老师迟疑了一会，开口说道："首先，那叫'形容词'；其次，'形容词'不是一个名字，它是……形容词。"

一天下午，就在女老师和我一起回到家的时候，百叶窗后传来了一个声音："老师带着她的马回来了。"听了这话，我心里很高兴。

那天恰逢亚历杭德罗不在，我进了谷仓没多久，女老师就来了，她把我牵了出去。她做了一件出乎我意料的事情：她把我带进了她的卧室。她轻轻地摸了我几下，我浑身都痒得难受起来。这时，她对我说："拜托了，你千万别发出声音。"接着，她立刻就出门了，留下一头雾水的我。我孤零零地站在卧室里，不断地问自己："那个女人到底要我做什么呢？"床上和椅子上散落着皱巴巴的衣服。忽然之间，我抬起头，在镜中看到了我自己：一匹衰弱的老马，哀哀地低垂着它那早已被遗忘的头颅。镜子还照出了我身体的其他部分：我那布满黑白斑点的皮毛看上去也像皱巴巴的衣服。不过，我最留意的还是我自己的脑袋。我将它抬得越来越高。望着镜子里的影像，我变得不知所措起来，最后只得闭上眼睛，想象自己在看到这副尊容之前，是如何在脑海里勾勒属于马的形象的。

我还发现了其他的惊喜。镜子下面摆着我和托马萨的合照——照片上,我和托马萨一起将头探出了谷仓,这张照片是她的男朋友为我们拍的。突然之间,我的四腿一软,仿佛我的腿比我先认出了屋外传来的声音。我听不清"他"在说什么,但我听明白了托马萨回答他的话:"和您当时遇到的情况一样,它也从我家跑了。今天早上有人去给它送草料,却发现谷仓空空如也。"

谈话的声音逐渐远去。当我的周遭再次陷入沉寂的时候,之前的那些想法再次涌上了心头,我不敢抬头看镜子。谁会相信呢?谁会相信一匹马竟然会产生如此古怪的念头呢?过了很久,女老师回到了房间里。她又给我挠痒痒,我很难受。但最让我难受的,是她的天真。

几天后的一个下午,亚历杭德罗坐在我的身旁吹口琴。忽然,他仿佛想起了什么,将口琴收了起来,站起身,从口袋里掏出我和托马萨的合照。他先是把照片放在我的一只眼睛前,见我没有什么反应,又把照片挪远了一些;后来,他又把照片贴到我的另一只眼睛前,最后,他退到了离我一米远的位置,把照片举到我额头的高度。我沉浸在内疚的情绪中,心情极为苦涩。有一天晚上,我正在全神贯注地听着水声,坎德拉里亚走了过来,但我没认出她的脚步声,惊慌之下踢翻了水桶。这个黑皮肤的女人从我身边经过的时候对我说:"你别怕,你的主人会回来找你的。"

第二天，亚历杭德罗带我去河里游泳。他幸福地趴在我身上，把我当成了一条温暖的小船。忽然之间，我的心脏一紧，几乎就在同时，只听一声哨响，我浑身的血液都凝固了。我转动着耳朵，仿佛它们是水中的潜望镜。最后，"他"的怒吼声传来："这匹马是我的！"亚历杭德罗把我拉上岸，一言未发，牵着我就向女老师的家狂奔而去。我曾经的主人紧追其后，我还没来得及藏起来，他就赶到了。我被卡在自己的身体里，仿佛被关在了一个大衣柜里。女老师说要出钱把我买下来。他回答说："我当时买它花了六十比索，你如果肯出同样的价钱，我就把它让给你。"亚历杭德罗取下了他给我安上的马嚼子和马绳，主人又给我套上了他带来的马嚼子。女老师走进了卧室。临走的时候，我看见亚历杭德罗的嘴巴扁了下去，忽然放声大哭。我的四条腿颤抖起来。他狠狠地抽了我几鞭，我撒腿就跑。这时候，我忽然想起，我并没有花掉他六十比索：我是他用一辆天蓝色的破自行车换来的——那辆自行车既没有轮胎也没有打气筒。他为了发泄自己的怒气，使尽全身力气抽打着我，一下接着一下。我感到自己就快喘不上气了，因为我变得很胖——这段日子亚历杭德罗把我照料得太好了。这个时刻，我想起了自己是如何成功地被老师一家接纳的。是他们让我明白什么才是幸福，即使这份幸福让我产生了罪恶感。想到这里，一股无可抑制的愤怒从我的胸中升起。我感到非常渴，这时我想起我们很快就能穿过一条小溪，溪边有一棵树，树上垂下了一条长长的枯枝，几乎伸到了道路的中央。那天晚上，月光皎洁。我远远地就看到了溪流中的卵石，它们像鱼鳞一样闪闪发光。就在快要走近溪流的时候，我放慢了脚步。他觉察到了我的动作，又开始用鞭子抽我。那一瞬间，两股相互矛盾的情绪击中了我：它们就像两股敌对势力，匆忙地嗅着对方的气味，在黑暗中彼此试探。忽然间，我朝着垂有枯枝的那条道路冲过去，就在他要从我背上摔下去的一刹那，他伸手抓住了那根树枝。不过，那根枯枝被他一下子给拉断了，我们双双跌入小溪中，在卵石间翻滚。我站起来，转过身，向他冲去，与此同时，他正挣扎着从树下爬走。我跑到他的身边，一脚踩住他侧躺着的身体。我的蹄子从他的背上滑了过去，但我狠狠地咬了他的喉咙一口，又啃下了他后颈的一块皮肉。我用尽全身的力气，几近疯狂地按住他，然后一动不动地僵持着。过了一小会儿，他抽动了一下手臂，然后再也不动弹了。我的嘴巴里充斥他皮肉的酸味，而他残留在我口中的胡须则刺痛了我的舌头。

当我看见溪水和卵石被鲜血染红的时候，我开始感到嘴里涌起的丝丝血腥味。我在小溪的两岸来回穿梭，面对突如其来的自由，我一时间竟不知道如何是好。最后，我决定回女老师家去。不过，往回走了几步，我又折返回溪边，喝了几口浸泡着死人的溪水。

我感到非常疲惫，因此步履缓慢。不过，在回去的路上，我呼吸着自由的空气，内心无所畏惧。亚历杭德罗看到我的时候，会多高兴啊！那她呢？亚历杭德罗把我和女老师的合照放在我眼前的时候，我的内心充满了愧疚。然而就在此时此刻，我多么想拥有那张合照。

我慢慢地走回了女老师的家。我本想钻进谷仓，但经过托马萨房间的时候，我听到里面传来了争吵的声音。我听到有人提到了"六十比索"，那是托马萨男朋友的声音；毫无疑问，他提到的这"六十比索"与我有关，是那个死去的家伙向托马萨开出的买我的价钱。想到他们一分钱也不需要为我花了，我的心情变得格外明朗。就在这时，我听到托马萨的男朋友提起了结婚的事，他的语气变得非常愤怒。最后，他作势要离开，转身之前甩下一句："那匹马和我，你选一个。"

一开始，我的头悬在半空，慢慢地，它垂了下去，最后贴在了托马萨房间的那扇彩色的窗户上。然而，就在那短短的几秒钟里，我为自己做好了打算：我必须要离开。我在她的心里已经占据了很高的位置，我不想有一天从那个神坛上跌落下来。如果我留下，就会变得越来越不受欢迎。甚至有一天，她也会为留下我而感到后悔。

我不记得最后我是怎么逃走的了。对自己不是人类这个事实，我感到的最大的遗憾是：我无法带走那张合照，因为我没有口袋。

我的第一场音乐会

　　我仍然记得,就在我举办人生中第一场音乐会的那天,一种奇怪的感觉折磨着我,我意外地对自身有了新的认识。举办音乐会的那天,我早晨六点钟就醒了。这样的情况很少出现在我身上:我通常醒得很迟,因为我每天晚上要在咖啡馆弹钢琴,而且回去之后也很难入睡。有时候,弹完钢琴回到房间的时候已经很晚了,但我还会出门散一会儿步——房间里有一台小小的黑色钢琴,看起来就像是一口棺材,常常吓得我难以入眠。就在音乐会的前一晚,我也散步到很晚。不过,第二天一大早我就出门了,在空荡荡的剧院里待了一整天——那里是我即将举行演奏会的场地。那是一座相当小的剧院。剧院的二楼的座位被一圈栏杆围了起来,栏杆是由刷上白漆的铜柱组成的。钢琴已经摆在舞台的中央,那是一架老旧的黑色钢琴。钢琴周围的墙壁上贴着红色和金色的墙纸——那是礼堂的象征。几缕阳光透过舞台布景上的小洞照射进来,光线里飞舞着尘埃。天花板上垂下的蜘蛛网在膨胀的热空气中飘荡。

　　我对自己没有信心,所以,那天上午我又开始翻看音乐会的节目单,就像是一个生性多疑的人,总担心自己的钱在晚上被人偷走,所以第二天一定要把钱重新数一遍。很快我就发现,我的钱并没有想象中那么多。几天前,也就是我和剧院的老板协商好音乐会的相关事宜时,担忧的感觉忽然向我袭来。我的胃里升腾起一股奇怪的灼热感,我产生了一种即将要大难临头的感觉。为了应对这样的不安,我立刻回家练习曲子。然而,由于那时距离音乐会还有几天时间,我又犯了一贯的错误:高估了我手头拥有的时间。结果,直到举行音乐会的那天上午,我才意识到自己在复习曲目的时候是何等地偷工减料。我发现,我距离自己当初设定的目标非常遥远,哪怕再给我一年的时间准备,我也未必能达到预期的水平。

然而,最令我头疼的还是我的记忆力:不管我弹奏的是哪个段落,也不管我如何缓慢地敲击着琴键,我总是没办法把所有的音符都记全。我被一阵绝望感击中,快步走出剧院,来到了大街上。在大街的转角上,我看到了一辆车身两侧都贴着巨幅海报的汽车,海报上用夸张的字号印着我的名字。这一幕让我的内心更加惶恐不安。如果海报上的名字能印得小一点,也许人们对我的期望也会小一点。我回到剧院,试图让自己冷静下来,好好想一想接下来该怎么做。我在观众席上坐下,凝视着舞台——那里孤独地躺着一架钢琴,它静静地等待着,等待我上前掀开它那黑色的琴盖。我身旁的那两个位子通常是一对兄弟坐的——他俩都是我的朋友;那对兄弟身后通常坐着一大家子人。在不久前的一场由当地女孩举办的音乐会上,这一家人在观众席发出了巨大的嘲笑声,舞台上的女孩被吓坏了,她们扔下钢琴,抱着头夺门而出,仿佛一群受了惊的母鸡。就在回想起这件事的时候,我头一回产生了要在舞台上排练几遍的念头。首先,我在剧院里仔细地巡视了一圈,确保没有人会看到我的举动。接着,我开始排练出场的走位:也就是从舞台的侧门走到钢琴前的那一段路。走第一遍的时候,我的脚步过于匆忙,就像一个急着把肉放上桌子的送货员一样,这样走上舞台肯定是行不通的。出场的时候,我必须迈着庄严肃穆的步伐,缓缓地走向舞台中央;要表现得像是在第十九个演出季举办第二十四场演奏的音乐家,对自身有着轻微的厌倦,既不被虚荣所驱使,也不因惊慌而迟疑,而是带着一种不经意间从未知的深处散发出的神秘感,从容上前。我迈出了缓慢的步子,想象着此时此刻所有观众的目光都聚集在了我身上,脑海中的场景过于真切,以至于我无法继续迈动步伐。而且,我越是把注意力集中在自己的脚步上,就越是迈不动步子。于是,我在剧院其他的地方走了几步,然后回到舞台上,试图还原刚才自然的步伐。有几次练习的时候,我惊讶地发现,自己能在不经意间迈出自然的步伐。然而,我不管如何努力放松身体,如何试图自然地走路,还是会展现出不同的、奇怪的姿势:比如，像斗牛士一样摆动着臀部；或者走姿僵硬，仿佛端着一个装得满满当当的托盘；又或者，像拳击手一样大摇大摆。

练完走路的姿势，我又发现了另一个大问题：我不知道手该往哪里摆。有些钢琴家向观众致意的时候，手臂像钟摆一样悬空摆动，我觉得那样的姿势很难看。我试着让自己的手臂随着脚步的节奏而摆动，但事实证明，这样的姿势更适合阅兵式。后来，我想出了一个动作，在之后的很长时间里，我都觉得那是一个很有创意的动作：左手握住右手的手腕，做出系袖扣的样子。（很多年之后，一位舞蹈演员告诉我，那是一个显得廉价而装腔作势的动作，被戏称为"芭蕾舞手势"。随后，他还笑着模仿了芭蕾舞的舞步，手势则不断在左手握住右手腕和右手握住左手腕之间切换。）

那天，我几乎没怎么吃午饭，整个下午都在舞台上排练。傍晚的时候，灯光师来了，我配合他一起调试大厅和舞台的灯光。随后，我试了试某位朋友送给我的燕尾服；那身燕尾服穿在我的身上非常紧，我几乎动弹不得；如果我穿上这身衣服，根本无法像之前排练的那样用自然而敏捷的姿势出场；而且，我还得时刻担心衣服会不会从我身上绷开。最后，我决定在演奏的时候穿便服，那样也显得更自然一些。当然了，我也不想显得太过于随意。我本想尝试一些新的服饰搭配，不过最后还是放弃了，因为我感到很疲惫，手臂下还传来了被过紧的燕尾服勒出的酸痛感。于是，我走到了被阴影笼罩的观众席上。就在我打算静坐养神的时候,心头却涌起了一股无法抗拒的力量,迫使我不得不开始回忆某段乐曲的旋律。唯一摆脱这种执念的方式,就是找到乐谱,然后复习曲谱。

距离音乐会开场还有一段时间,这时候,和我要好的那对兄弟和调音师走了进来。我让他们稍等我片刻,然后我就钻进了更衣室:如果我不把刚刚想到的那段曲谱在脑海里复习一遍,那接下来就无法得到片刻的安宁。一旦我开始和他们说话,那么我的注意力就会集中在对话上,无暇去想任何其他的曲段了。观众席仍是空的。我的一位朋友站在后台的入口处,凝视着舞台中央的黑色钢琴,仿佛它是一口棺材。然后,到场的朋友都站在我身边,压低嗓音和我说话,仿佛我是棺材里躺着的那位死者的至亲。观众陆陆续续地走进了剧院,我们走进后台,透过布景板上的小孔看向台下的观众。我们蹲着身子,仿佛身在一个战壕里,正在向外观察敌情。有时候,舞台上的钢琴就像是一尊大炮,挡住了我们的一大片视线,以至于无法看清观众席的状况。我的眼睛从布景板上的一个小孔挪向另一个小孔,表现得就像是一个正在指挥部队的军官。我希望观众不要太多,这样的话,哪怕我弹得一团糟,之后也不会有太多人批评,而且,来的人越少,观众席上出现懂行的专家的概率也就越低。我刚才在舞台上排练出场姿势仍然能算得上是一个明智的选择,因为那至少能帮我赢得一些不太懂音乐的观众的好感，也能帮我迷惑一下那些对音乐略懂一二的人——这样一来，他们也许会质疑自己对我的批评。这么一想，我心里有了些底气，但还是装腔作势地对我的朋友说：

"真不敢相信，对我的音乐会有兴趣的人只有这么一点！之前那么多的努力，都要付诸东流了！"

然而不久之后，越来越多的人拥进了大厅，我感到自己的心往下一沉；但我还是搓着自己的双手，假意道：

"这才像话嘛。"

我的朋友似乎也很紧张。过了一会儿，我假装自己刚刚才发现他们担忧的情绪，拔高音量对他们说：

"拜托，你们是在为我担心吗？你们以为这是我的处女秀？还是担心我上台独奏时会紧张得像上刑？你们要这么想的话，可就大错特错啦！"说到这里，我就停住了。然而，我早就想好了今晚演奏结束之后要说的话：我想对那些喋喋不休的音乐老师说，"一个在咖啡馆工作的钢琴师"——有人雇我在镇上的咖啡馆里弹钢琴——也是有能力开自己的钢琴独奏会的；他们不会明白，在我们的国家里，情况也有可能反着来，那就是：一个开过独奏会的钢琴家只能靠在咖啡馆弹琴来维持生计。

尽管外面的观众听不到我的声音，但我的朋友们还是极力让我不要再出声。

音乐会即将开始。我命人敲响开幕的钟声,然后让后台的几位朋友回到观众席去。他们离开之前对我说,演出结束之后他们会来找我,告诉我台下观众对演出的看法。随后,我让灯光师关掉观众席上方的灯光。我回想着出场时刻的步伐,左手握成拳,右手摸住左边袖口的纽扣;然后,我走上了舞台,就仿佛走进了一片耀眼的火光。我俯视着我的双脚,目睹着它如何一步步向前,然而,与此同时,我却不由自主地代入了观众的视角,想象自己在观众眼里是以何种步态行走的。幻想中的场景强势地占据了我的大脑,几乎让我无法好好走路。不过,我试图集中精力,看清自己是如何一步步走向舞台中央的,此时此刻,我的步伐愈加坚定了。

我走到了琴凳的面前,但第一阵掌声还未响起。正当我要坐下的时候,掌声终于响了起来,我不得不再度起身,向观众鞠躬致意。这个小小的插曲并没有影响我按照原计划进行演奏。我漫不经心地向观众席扫了一眼,没想到,观众席上的那一张张脸孔在暗影中发出幽幽的白光,看起来就像是鸡蛋壳做的。涂着白漆的小柱子组成了栏杆,上面铺着天鹅绒,我看到上面搭着许多双手。就在这时,我把自己的手搭在了琴键上,重复的和弦从我的指间泻出,但我很快就停下了手指,舞台再次陷入寂静。按照我的计划,我必须盯着键盘片刻,做出凝神思索、等待着缪斯女神或是作曲家显灵的姿态——我接下来要演奏的是巴赫的曲子,他的灵魂此刻应该离我很遥远……然而，随着越来越多的人拥进大厅，我不得不提早结束这场灵魂交流。这场意外的小憩让我的精神振作了起来，我再次望向观众席，刚才那种失真的感觉终于退去了。然而，几秒钟之后，我感到在不久前被我抛诸脑后的那种恐惧感又卷土重来了。我试着回想弹奏第一段和弦所要触及的琴键的位置；不过，我很快就意识到，如果按照这样的方法继续下去，我只会什么都想不起来。

于是，我决定奏响第一个音符。我要按下的是一个黑色的琴键，我把手指缓缓放在上面。就在按下去的那一瞬间，我忽然意识到，一切即将开始。万事俱备，如果我再拖延下去，那就真的来不及了。观众席上陷入了一片寂静，那寂静就像是人们在大难临头之际突然感受到的空虚。第一个音响起，仿佛一块石头落入池塘。就在意识到乐曲已经奏响的那一刻，我感到一阵眩晕。我张开五指压上琴键，指间骤然跃出一组和弦，响亮得如同一记耳光。接着，我继续弹奏第一节乐曲。突然之间，我俯身靠向钢琴，猛地减弱了音量，然后用手指在高音区啄出一个弱音。这样奏出来的效果让我很满意，于是我又用同样的方式即兴处理了几段。我的双手陷落在层层叠叠的音符中，不断地塑造它的形状，仿佛在揉捏一个温暖而柔软的面团。有时，我会把面团拉长，让乐曲的节奏变得缓慢，并试图赋予这团声音不同的形状。然而，当我发现面团即将冷却的时候，我会加快动作，让它重新变得温热起来。

我觉得自己像是待在一个魔法师的房间里，我不知道他用什么材料点燃了那把火，但他每变一次戏法，我都紧跟其后。忽然之间，节奏放缓，那团火焰也变得平稳起来。

就在这时，我扬起侧向一边的头，露出了仿佛跪在神龛前的神情。观众们灼灼的目光落在了我右边的脸颊上，仿佛在那上面燎起了水泡。就在我的手指离开最后一个琴键的时候，台下爆发出了一阵阵掌声。我起身向观众致意，虽然表面波澜不惊，但内心早已掀起了惊涛骇浪。我重新坐下，又朝观众席前的栏杆望去，发现之前搭在上面的手都在鼓掌。

一切都进行得很顺利，直到我开始弹奏《八音盒》这首曲子。为了演奏起来更加顺手，我把椅子向钢琴的高音区挪过去了一点，紧接着，前奏的旋律如同雨点一样洒了下来。我很确定，这首曲子弹得和之前的几首一样好。然而，我忽然听见观众席传来了一些低声的议论，到了后来，我甚至听到了一阵阵的笑声。我开始像虫子一样缩紧自己的身体，手指也变得笨拙起来——我对自己的技术产生了怀疑。就在这时，我好像看到舞台上有一道长长的黑影在移动。我迅速地瞥了一眼，发现那里真的有一个黑影，但它此时此刻静止不动。我继续弹奏着乐曲，而台下的议论声还在继续着。

尽管我没有往影子那里看，但我的余光注意到，它在动。我并没有往"那可能是怪物"的方面想，也不觉得这是某个人对我开的玩笑。在弹奏一段相对简单的段落时，我瞥见那团影子正挥动着它那长长的胳膊。我斜着眼睛望向它，却发现它已经不在刚才的地方了。后来，我又朝身旁望了一眼，一只黑猫映入了我的眼帘。我弹奏的曲目正要进入尾声，台下的议论声和笑声变得越来越响了。我发现那只猫慢慢地抬起了头。我该怎么做呢？把它抱到后台去吗？真是个荒谬的想法。

曲毕，掌声雷动。就在我站起身准备向台下的观众鞠躬致意的时候，我感觉到那只猫正在蹭着我的裤子。我微笑着鞠了一躬，然后坐回琴凳，这时我产生了想要抚摸它一下的冲动。在演奏下一首曲子之前，我停顿了一会，心想该怎么妥善处理这只猫。我不想当着观众的面在舞台上追着它跑，那样实在太可笑了。于是，我决定继续演奏——让它留在我的身边。但我的思绪无法像之前那样发散了：我无法在脑海里将音乐塑造成不同的形状，也无法追逐某个念头，因为我的思绪已经被那只猫牢牢地占据了。忽然，一个可怕的想法击中了我：弹奏这首曲子中间的几个小节的时候，我理应用左手扫过琴键；而那只猫就在我的左手边，它很可能随着我的动作就跳到琴键上去了。在弹到那几节乐段之前，我就暗自在心里盘算道：

"如果一会儿那只猫跳起来，那我就能把失误怪在它的头上了。"于是，我决定弹得更冒险、更疯狂一点。那只猫没有跳起来。曲毕，音乐会的第一部分就这样结束了。在掌声中，我环顾舞台四周,却并没有发现那只黑猫的身影。

中场休息的时候,我的朋友们到后台来看我。没等音乐会结束,他们就迫不及待告诉我,坐在他们后面位子上的那一家人,在之前的一场音乐会上对别人的表演大肆批评,却对我的演奏赞不绝口。他们和其他观众交流了意见,并决定在音乐会结束后为我准备一场小型的"午宴"。

这场音乐会圆满结束。除了原定的那些曲目,观众们又请我多弹了两首曲子。音乐会结束后,我走到剧院的出口,忽然听见人群中的一个小女孩说:"他就是那个音乐盒!"

昏暗的餐厅

曾有几个月的时间，我受雇在一个昏暗的餐厅里弹钢琴。我只有一个听众，但她并不关心弹琴的人是谁；而我，也并没有发自真心地为她演奏。在不同曲目的间隙里，我们彼此都保持着沉默；我的思绪在寂静中滋长，以一种不同寻常的方式跳跃、延展开去。

起初，我是通过钢琴协会找到那份工作的。钢琴协会的男孩们经常能帮我在专门演奏流行音乐的乐队那里谋得一些演出的机会。不久之前，他们还赞助了我的一场音乐会。

一天下午，协会的负责人把我叫到一边，对我说：

"嘿，我给你弄到了一份小差事，虽然报酬不多（他的眼睛里开始闪现某种不怀好意的光芒），不过，也许对你的前途大有帮助呢。一位孀居的阔夫人想找人每周为她弹奏两次。一次分两节，每节一小时，她每小时付你五十比索。"

说到这里，他忽然停住了——隔壁办公室有人在喊他，于是他离开了一会儿。

他大概觉得，我不会乐意接受这样低酬劳的工作。因此，他刚才用半开玩笑半严肃的语气劝我接下这份差事，说现在工作难找，抓住主动找上门的机会才是明智之举。

其实，我很想告诉他，我对这样的工作机会求之不得，因为我需要走进不同的人家去看一看，但我很难把这一点向负责人解释清楚。

当他回来的时候，我正陶醉在自己的思绪中，感觉有些飘飘然：我想，那位夫人大概参加过我的音乐会，对我的名字已有耳闻，她也可能在报纸上看到过我的照片，或是关于我的报道。想到这里，我急忙问他：

"她点名要我为她演奏吗？"

"不，她只说要找一位钢琴家为她演奏。"

"古典音乐？"

"我不清楚。你自己和她沟通吧。这是她的住址。你说找穆涅卡夫人就行了。"

那是一栋带有大理石阳台的双层小楼。刚走到门厅，里面气派的格局就令我大为震撼。门厅墙上镶嵌着的大理石比阳台上的那些还要精细，它们的颜色深浅不一，看起来还保持着在遥远的原产地时的模样，与周围的环境并未融成一片。

我走到了通往庭院的门前，镶嵌在门上的斜角玻璃望着我——它们占据了门面上的绝大部分，而门的木制框架则显得相对细窄，整扇门看起来就像一位穿着低胸衣或是低腰裙的女士。门帘质地轻薄，就好像那扇门只穿着内衣就被我撞见了。透过门帘,我看到了一株几乎和棕榈树一样高的蕨类植物,它正随风轻轻摇曳着。

我按了一会儿门铃,一个大块头的女人从庭院深处缓缓走了出来。直到她打开门的一刻,我才看清:她嘴上叼着的是一支金黄色的香烟。她开门见山地问道:

"您是钢琴协会派来的?"

我点了点头,她让我进了门后转身朝庭院走去,转身前似乎做了个手势让我跟着她。我现在仍然记得她第一次开口对我说话的情景:她的双唇很饱满,点燃的香烟在两瓣嘴唇间晃动。她带我来到了院子里的一个角落——刚才我在门口往里看是看不到这个位置的。她垂下目光,示意我坐到一旁的椅子上。我刚坐下,就开口问她:

"您是穆涅卡夫人吗?"

"如果穆涅卡夫人听到您这么说,她会把我们两个都赶出门去的。不过您无须担心,我就是负责接待您的人。"

她打开了通往餐厅的门,门玻璃上画着一幅鹳鸟风景图。女人的脑袋刚好对上了玻璃上那只鹳鸟的头——鹳鸟的嘴里衔着一条鱼,正要把它吞下去。

我几乎无暇欣赏这个种满了植物和贴满了彩色釉面砖的宽敞庭院,因为那个金发的女人很快就回来了,手里还拿着一小盘甜点。她在我身旁的一张椅子上坐下,又把小盘子搁在了另一张椅子上,对我说:

"您不会等很久的。我教她每次进门之前都要按门铃。我之前告诉过她，如果出去的时候把门开着，家里可能会遭贼。"

　　我想要说些什么，却发不出声音，就仿佛我在一个口袋里努力翻找我的声音，过了许久，我才终于找到了它。

　　"她的品位很好。"

　　然而话音未落，女人便打断了我：

　　"不是她的品位好，而是之前住在这儿的一位绅士品位好。他是个医生，后来因为女儿死了，就把这座房子卖给了现在这位；她接手房子的时候还很年轻，但已经是个寡妇了，而且还是个有钱的寡妇。"

　　她把烟灰弹到了摇摇欲坠的小盘子里。

　　"不过那位医生在的时候，家里并没有钢琴。家里的钢琴是现在那位买的；不过，她一直因为这件事懊悔不已。"

　　我瞪大眼睛望向她——嘴巴也可能大张着。她似乎很喜欢我倾听的方式，因为她最初表现出来的冷漠已经消失了，取而代之的没完没了的唠叨。她喋喋不休，直到主人出现才住口。她最喜欢谈论的是有关穆涅卡夫人的事情，不管她把话题扯到哪里，最后总是会不知不觉地慢慢绕回到穆涅卡夫人身上。

　　我问道：

　　"穆涅卡夫人同您一样高吗？"

女人大笑起来：

"我们刚搬到这里的时候，我得把所有的镜子都移到低处。我是倒霉透了，每天要弯腰照镜子。"

忽然之间，她的话题又跳回到了钢琴上，就好像她刚才离开了一个正在炖煮的锅，而现在又不得不回到炉灶前搅拌。她说：

"她为买钢琴这事儿可是悔得连肠子都青了。她那时候买钢琴是为了她当时的男朋友。他为她写了一首探戈舞曲，又以她的名字'穆涅卡'来命名那首曲子。然后，有一天晚上，他说要坐船去布宜诺斯艾利斯，还说不想有人去送他。不过，穆涅卡执意要去，我就陪她去了港口。但他迟迟没有出现，直到船快出发的时候才匆匆赶到——手里挽着另一个女人的胳膊，两人一起飞快地跑上了舷梯。

盛甜品的盘子似乎再次摇摇欲坠，我赶紧伸出手去接。她看出了我的意图，让我不要担心。然而就在这时，门铃响了，她抓起盘子飞快地跑向门口，然后便消失在了那片鹳鸟捕鱼的风景之中。

不久之后，我看到一片紫色的影子压在了门厅通往庭院的那扇门上，并听到了指甲不耐烦地敲击着玻璃的声响。大块头的女人打开了门，一个身材矮小的女人立刻走了进来，开始和大块头讲起有关屠夫的事情。我感到那个刚进门的女人斜着眼睛看向我，她的侧影展现在我的眼前。尽管她看起来上了年纪，但并不算难看。但我仍然记得当她缓缓地转过脸、和我正面对视的那一刻，在我心头涌起的感觉：那张脸是如此的"狭窄"，那一瞬间，我感到毛骨悚然：就好像我路过一排正面看上去还算体面的房子，但当我走到它们的侧面的时候，竟发现那些建筑没有进深：房子只有三面，除了正面之外，另外两面搭在一起，围成了一个尖角。几乎可以说，她的脸只存在于侧面：从正面看上去，她脸部的宽度勉强容得下两只眼睛，而眼睛还是斜视的：左眼的目光正对前方，而右眼则望向右侧。为了弥补脸部的狭窄，她梳了一个海角头，里面掺杂着各种颜色的头发：黑色、深浅不一的棕色，以及几缕脏兮兮的白色。在"海角"的最顶端，各色头发汇集在一起，扎起了一个小小的发髻。

她朝我走来，我们的目光在沉默中交会。我们就这样对视着，直到她穿过庭院，走到我的这一侧。

"您是他们派来的钢琴家吧？请跟我来。"

她顶着头上的"海角"，带我走到了餐厅门口。她的头发梳得那样高，却只能勉强到达那只嘴里叼着鱼的鹳鸟脚爪所在的高度。当我们拉开大餐桌旁的椅子的时候，椅子脚滑过地面发出的噪声犹如吼声一般在空中回响。

微弱的光线透进餐厅里，颜色暗淡的家具在其间若隐若现。在如许的昏暗之中，这间餐厅保存着一份独特的寂静。女主人的声音忽然响起，听起来仿佛是对这份寂静的亵渎：

"我家族，"她挪开了目光，我不知道该看向她的哪只眼睛，因为我不知道她正用哪只眼睛看着我，"我家族里所有的成员都很尊重音乐。我希望有人能每周到我家弹奏两次音乐。"

忽然，外面传来了呼喊她的声音，原来是屠夫到了。她站起身的时候，晃了晃挂在胸前的金链子，那条链子很长，在她的胸口绕了几圈，尾端系在她腰带的左侧。

餐具柜上竖着两只椭圆形的托盘，它们正对着外面的院子，收集了从院子透进餐厅的唯一一点光亮。餐具柜上挂着一幅画，上面画着的鱼儿也透着微白的光芒。我的手掌因为反复摩挲桌布，已经变得麻木，而桌布此刻已经变成了暗绿色。当女主人回到餐厅的时候，我准备切入正题。

"夫人想听什么类型的音乐？"

"音乐还分什么类型？就弹那种大家都喜欢听的、流行的音乐。"

"没有问题。我可以试试您的钢琴吗？"

"您早该这么做了。"

"请问钢琴在哪里？"

"就在您身后的那个角落里，您没看见吗？"

"抱歉夫人，我没有注意，因为光线太暗了。"

她把一盏脚灯挪到了放钢琴的角落里。在摸索插座的过程中，她绊了一下，嘟囔了几句。最后她找到了插座，脚灯的

光芒照亮了那架泛着深樱桃色的小钢琴。试完钢琴之后,我又说了一声"没问题"。就在这时,我忽然冒出来一个疑问:

"您觉得两首曲子间隔多久比较合适?"

"您这话是什么意思?

"弹完一首曲子之后,您觉得要停多久才能接着弹下一首?还有……"

"喝一杯日式咖啡① 的时间。"

我最后又说了一句"没问题",向女主人确定了上门弹奏的日期,然后便告辞了。

我第一次上门弹奏的那个下午,穆涅卡夫人一开始还是不在家。大块头的女管家把我带到了餐厅,开始和我聊天。大块头女人告诉我,她名叫菲洛梅纳,不过从孩提时期开始,大家就都叫她"多莉",名字的由来与她小时候流行的一部电影有关:电影里那个女主人公悲惨地跳海自杀了,她的名字就叫多莉。后来,根据我的观察,不管是菲洛梅纳还是穆涅卡夫人,她们都不知道其实"多莉"在英文中就是"小穆涅卡"② 的意思。而不知道为什么,我非常害怕为她俩捅破这层

---

① 咖啡从十六世纪就传入了日本,因此咖啡的饮用在日本有着悠久的历史,并形成了独特的文化。在日本,人们习惯于喝现磨的咖啡,并一定要在咖啡刚准备好的时候就进行品尝,因此"日式咖啡"有着悠闲和考究的意思。在此处可以引申为,穆涅卡夫人希望在两首乐曲间停顿较长的时间。

② "多莉"的英文"Dolly"有"玩具娃娃"的意思,而西班牙语的"穆涅卡"(Muñeca)也含有"玩具娃娃"的意思。作者在这里暗指主仆俩人都不知道自己的名字有相同的含义。

窗户纸。最后,多莉和我聊起了穆涅卡夫人的一个兄弟。多莉说,穆涅卡夫人为她的兄弟谋得了一份差事,还承诺说,如果他继续表现得"安分守己",她就把自己位于普拉多区的一处小房产转到他的名下——那处房产就紧挨着她的避暑别墅。

她说到这里的时候,我觉得我的一只手掌已经睡着了——此前,它一直在摩挲着旁边一把椅子上的压花皮革。

就在这时,穆涅卡夫人按响了门铃,我赶紧把椅子挪到钢琴前,把琴谱放在谱架上,准备等她一进来就开始弹奏。穆涅卡夫人一进门,就把手伸到了腰带的左侧,拉出了那根大金链的尾端——原来那上面系着一块小小的怀表。链子和怀表的比例极不相称,看起来就像是用井绳拴着一条小狗那样怪异。她对我说:"您可以开始了。"然后在餐桌的一端坐下。不知为何,她的手不断地摩挲着桌布,就和当时的我一模一样。

我弹起了一支探戈舞曲,然而就在曲子快要结束的时候,那个金发的大块头女人出现了,她提高了嗓门,企图盖过钢琴声:

"夫人,您把茶壶放在哪儿了?"

多莉的所作所为在穆涅卡夫人看来却有别的含义:她请人来家里弹奏音乐,还为此付钱,相当于她雇了一个剧团为她进行私人表演,是一件需要严肃对待的事情。然而,那个家

伙却闯了进来打断了演奏,破坏了这个家贵族式的庄严与优雅。于是,她站起身,生气地说:

"以后再也不准像这样闯进来,大喊大叫地打断我的音乐!"

那个大块头女人转过身,正要离开,然而就在这时,穆涅卡夫人却忽然大声叫住她:

"多莉!"

大块头女人立刻回答道:

"穆涅卡夫人?"

"去沏马黛茶。水壶就在卫生间里。"

探戈舞曲已经弹奏完毕。我环视着餐厅里的家具,内心不断勾勒着那位医生的形象。这所房子的有些地方让我想起了那些被匆匆遗弃的圣墓,而那两个女人钻进了这座房子,亵渎了这里最神圣的回忆。餐具柜的最上方摆着一包已经开封的马黛茶。玻璃柜里的水晶杯被堆放得挤在一起,只为腾出空间塞下一瓶普通的餐酒。

多莉悄悄地把马黛茶端了进来,我在沉默中开始弹奏《忧伤圆舞曲》。穆涅卡夫人啜了一口马黛茶,望向屋外的庭院。她和餐具柜上的那两只托盘一样,只是静静地坐着,感受着从外面透进来的一丝光亮。我并没有请求她为我打开脚灯。我凭着记忆,弹了几首曲子。在两首曲子的间隙里,我的思绪飘忽不定。穆涅卡夫人似乎并不在听音乐,她只是把马黛茶搁在桌子上，然后把一只手静静地放在了桌布上。

在之后的几次拜访中，主仆俩在我上门之前就把一切准备就绪了。在穆涅卡夫人喝完她的第一杯马黛茶时，我已经弹完了第一首探戈舞曲。她静静地坐着，而我则沉浸在自己的思绪里。

当我在穆涅卡夫人家里工作了一个多月的时候，马黛茶没有按时准备好的情况再次上演。那天下午，穆涅卡夫人的神色有些异常，她走到我的身边，让我和往常一样弹琴，不过她说这次会在另一个房间里听我弹奏。她又让多莉为她沏马黛茶，还告诉她茶壶就在卫生间里。当多莉回到餐厅的时候，穆涅卡夫人已经不在了。于是，多莉趁机告诉我说：

"就在两年前的今天，穆涅卡夫人目睹了自己的未婚夫挽着其他女人的胳膊登上了汽船，所以你最好小心点，别出什么岔子。"

多莉用"你"而非"您"称呼我，这让我觉得很恼火。我正要发作的时候，穆涅卡夫人走了进来。那天下午，她在餐厅里反复出现，又反复消失，就像是晴天里忽然而至的阵雨。

几天之后，钢琴协会的人忽然把我叫去，协会的经理对我说：

"穆涅卡夫人要求我们给她换一位钢琴家。她说你的性格有点阴郁，弹的曲子也不够欢快。我是这么回答她的，我说：'夫人，他是我们协会最好的钢琴家。'我还告诉她说，你可以改变一些曲目，并用更加生动的方式演奏。"

听完经理的话，我感到心情沮丧。一想到要"用更生动的方式"弹钢琴，而且还要向多莉提出继续对我使用敬语的要求，我就一点也不想去穆涅卡夫人家弹琴了。然而，就在我走到餐厅的时候，碰见穆涅卡夫人的兄弟来家里做客，意想不到的是，这位兄弟恰好是我的一位熟人。他看到我之后，立刻站起身和我握手，并对我说：

"最近您过得如何，大师？我已经听说了，您的音乐会举办得非常成功，我还在报纸上看到了关于您的报道和您的照片。我在这里衷心地祝贺您。"

穆涅卡夫人开始左顾右盼，似乎她眼睛的缺陷让她天生具备了审视他人的能力。她发出了一声感叹，打断了我们的对话：

"什么？为什么从来没有人和我提过您上过报纸！"

她的兄弟继续说道：

"怎么没说过！有一回我们两个上了同一份报纸，我们俩的照片中间就隔了一个专栏。就是我被任命为俱乐部秘书的那一次。"

这时候，穆涅卡夫人开口道：

"就是俱乐部的主席也对你表示祝贺的那一次，"她又说了一句，"跟我来。"

我低下头，看着那紫色的长裙穿过昏暗的餐厅向外飘去，而紧随其后的，是她兄弟的黑色裤子。

我开始回忆那间和穆涅卡的哥哥在年轻时相识的咖啡厅——那个时候我受雇在咖啡厅弹琴。我不知道为什么那时候大家都叫他"小蜘蛛"，也不知道他为什么一直忍受着这个绰号，要知道，他的脾气可不好。现在，我打算把穿着紫色长裙的穆涅卡夫人纳入到她兄弟的故事里去。我对他的回忆可以追溯到多年之前，但穆涅卡夫人在这个故事里姗姗来迟。尽管那个场合并不适宜沉浸于自己的思绪中，但我忍不住当场就在脑海里将"小蜘蛛"的妹妹加入他的故事，然后重塑我对他的回忆。在我看来，是她主动要加入这个故事的，这个举动犹如强行挤上一辆满载的公交车。

我和"小蜘蛛"相识的那间咖啡馆位于一栋带有悬空阳台的大楼的底层。楼前的几棵大树掩映着咖啡馆的大门。任何想要进入咖啡馆的人都要和大门做一番斗争。门上有一个巨大的黑色门把手，看起来就像是一只裁缝用的熨斗。当人把手搭到门把上的时候，它不会向一个固定的方向转动，而是松松地左右旋转。这扇门似乎在嘲笑着咖啡馆的每一位来客。如果有人要进来的时候，咖啡馆里恰好有人站在门玻璃前不远的位置——门上的玻璃上沾满了污垢，如果距离过远，就看不见外面的情形了——它很可能会对来客做一个推门的手势，意思是："进来！推门！"接着，如果来客推门的力气过猛，那么门就会发出"嘎吱"的抱怨声，但它到底还是会让人进来。不过，人刚进咖啡馆，那扇门就会猛地弹回来，仿佛在报复刚才来人的粗鲁。

　　小灯投射出的昏暗光线和人们外套的颜色大都淹没在了咖啡馆缭绕的烟雾里，就连我们演出所在的舞台前面的那排细柱子也被烟雾笼罩。演出的有三个人：小提琴手、长笛手，还有我。舞台也似乎被那股烟雾托起，一直升到了靠近白色天花板的地方。我们几个就好像是天国的乐手，通过袅袅的烟云，将那似乎无人聆听的乐曲从天堂引入人间。就在我们演奏完一首曲子的时候，人群的嘈杂声便扑面袭来——那是一种响亮而均匀的嘈杂声。冬日里，我们几个都昏昏欲睡。我们坐在舞台的栏杆旁，向周围张望，目光漫无目的地在各种事物上游走。偶尔，我们会把目光聚集在一群围坐在大理石桌前的宾客的头顶，看他们如何把咖啡端到嘴边——从我们的角度看，那一杯杯咖啡，就像是一个个的小黑点。咖啡馆里的一个服务生是个近视眼，他总是戴着一副镜片很厚的眼镜，到处走来走去。尽管他戴着眼镜，但找起东西来还是非常迟缓。他用鼻子充当着罗盘，不断地左右煽动着鼻翼，直到指向目标，才会停下动作。他一只手举着托盘，另一只手不断在人前比画。他离婚了，又结婚了，家里养着几个嗷嗷待哺的孩子。我们观察着他的一举一动，仿佛在看一艘在岛屿之间穿梭航行的小汽船，看着它时而搁浅，时而弄错卸货的港口。

这一切都发生在深夜。然而晚间表演和深夜的演出是不一样的。区别不仅仅在于人们知道一个是在晚间进行，而另一个则是在深夜进行，还在于两个时间段的观众不同，点的饮料不同。每到晚间演出的时候，咖啡馆楼上的政治俱乐部的成员会下来光顾咖啡馆，他们的人坐满了设在咖啡馆最里面的两张桌子。几乎俱乐部的所有成员都是"小蜘蛛"的朋友或是追随者，他们是来这里见他的。这些人坐在远离吧台的角落里，久久地观察着"小蜘蛛"，等着他调好鸡尾酒，他们才会前去和他交谈。每当这时，吧台上方会亮起一盏很明亮的灯，而"小蜘蛛"的白背心、白衬衫和牙齿会在灯光下变得雪亮。与他身上的这些亮白色形成鲜明对比的是他的领结、眉毛、瞳孔和头发的颜色——它们都是纯粹的黑色。他脸上的皮肤是橄榄色的，这种颜色中和了他身上突出的黑色与白色。他脸上的某些部位被刮得特别干净，尤其是眉毛上方的那一块——他的原生眉毛又粗又浓，为此他特意把眉毛修得和鞋带一般纤细。

在调酒的过程中，"小蜘蛛"的脸上没有任何表情。没有人知道他是何时拿起、又是何时放下一个瓶子的，也没有人能看清他的手在触碰到物品的那一瞬间，那个物品是如何顺从地做出反应的。他手边的那些瓶子、杯子、冰块和滤网似乎都是有生命的，并被赋予了完全的行动自由。即使它们没有立即遵照指示行事，也无伤大雅，因为它们清楚自己的职责所在，会适时地各归其位，各司其职。人们唯一能大饱眼福、观赏"小蜘蛛"调酒的具体动作的时刻，就是他卖力地摇晃着鸡尾酒调制器的时候。有几次，我路过咖啡馆最里面的那两张桌子的时候，听到有人发出感慨："看得出，他是个有个性的人，不是吗？"

"小蜘蛛"知道每个时段最受欢迎的鸡尾酒是哪一种。因此，他会将最受欢迎的酒品一次性调制很多杯。每当他用调酒器将鸡尾酒摇匀之后，便借助手腕的力道将调酒器里的酒液一口气分别倒进许多个杯子里，动作如行云流水，宛如天成。每一滴液体都仿佛受到家族的召唤一般，本能地落入了玻璃杯之中。在把调制好的第一种酒液倒入杯中之后——这些液体看起来属于黑种人，他立刻就开始调配另一种液体——这一次属于白种人，然后他用同样的方式将液体倒入杯中，为它们组建了新的家庭。紧接着，最激动人心的时刻就到来了：他拿起一只长柄的勺子，灵巧地滑过那一排杯子，将每只杯子里的水滴家族都迅速地搅动了几下。这时，意想不到的事情发生了：每只杯子都唱出了不同的音调，意外地组成了一段音乐。这就是我们每天唯一能期待的惊喜：这些看起来相似的杯子，在"小蜘蛛"的排列组合下，每天都能神秘地奏出不同的乐曲。

忽然之间，"小蜘蛛"披上了他那件修身的黑色外套，戴上了那顶边沿看起来如刀刃一样锋利硬朗的宽边帽。他转身绕到吧台的另一侧，咖啡馆的老板、同时也是"小蜘蛛"志同道合的朋友，会在那里给他递去一杯朗姆酒。他的政客朋友们已经离开了，将在俱乐部里等待他。有几次，当我目送那些政客离开的时候，忽然想起了一些关于"小蜘蛛"的旧事。他曾有过一个女朋友。有一次，那名女子请求他允许她去参加一场舞会，可他拒绝了，但她最后还是去了。很快，"小蜘蛛"就得知了那一切。他断然地提出了分手，还在分手时说了很多冷酷的话，仿佛在女子脸上甩了几个响亮的耳光。有一天下午，女子来咖啡馆找他，但他派了一个服务生去把她打发走了。不久之后，就传出了那名女子服毒自杀的消息。

  起初，他和我们几个的关系非常要好。不过，某天之后，他就开始疏远我们。我们演奏所在舞台的栏杆上挂着很多小彩灯，而他负责在我们演奏之前把彩灯点亮。有一次，小提琴手发现，每次"小蜘蛛"点亮彩灯的那一瞬间，恰好就是我们奏响开场曲的第一个和弦的时刻。于是，某一天晚上，我们决定和他开一个玩笑：我们几个同时奏响了某一个和弦，就在和弦声突兀地响起的那一刹那，彩灯也骤然亮起，这一景象吸引了在场客人的注意，他们纷纷鼓起掌来。然而，"小蜘蛛"在吧台后愤怒地来回踱起步，好像下一刻就会暴跳如雷。从那天起，他不再和我们打招呼。不过，多年后——那时我已经不在咖啡馆弹钢琴了，我们在街上相遇，他咧开嘴朝我灿烂一笑，热情地与我打招呼。于是，我们再次成了朋友。

那天下午,在昏暗的餐厅里,他也主动和我打了招呼。离开之前,他对我说:

"您放心吧。您可以一直在这个家里安心工作。"

我松了一口气,不管怎么样,我的音乐会还是起了一点作用的。不过,我记得还有一件事困扰着我,但我愣了好一会儿,才突然反应过来:多莉用"你"而非"您"称呼我。恰好在我反应过来的时候,她踮着脚尖跑了进来,朝我伸出了手。无奈之下,我只能和她握了握手。就在这时,她开口对我说:

"祝贺你。"话音未落,她就一溜烟跑走了。

在接下来的几次演奏上,穆涅卡夫人又回到了餐厅里,一边听音乐,一边安静地喝着马黛茶。而我则任由自己的思绪驰骋。

自从那日"小蜘蛛"帮我解围之后,我在这个家的地位有了提升。穆涅卡夫人很少会在弹奏的时候打扰我,她总是啜饮着手中的马黛茶,直到茶水变凉,才会慢慢抬起头,将那两道倾斜的目光定格在某处,仿佛在凝视着昔日的回忆。然而,在某一天傍晚,当我的弹奏接近尾声的时候,穆涅卡夫人的声音忽然划破了餐厅昏暗的上空。她开口的那一刻,我的思绪正停留在一个离她非常遥远的地方。她的话语击中了我,沉静的氛围忽然被打碎,我的脚猛然一动,用力地踢在了钢琴上；在共鸣箱发出的回音中，穆涅卡夫人沙哑的笑声骤然响起。她重复了一遍刚才的问题：

"您刚才弹的那支探戈曲叫什么名字？"

这首曲子名叫《你走了，哈哈哈》，我的第一反应是把曲名告诉她，不过我转念一想，她可能会觉得这个名字是在影射她那位和别的女人乘船跑了的情人。于是，我打开灯，准备直接把琴谱拿来给她。她猜出了我的心思，阻止道：

"不必了，您直接把曲名告诉我就行。"

我用一种怪异的声音念出了曲名；她让我重复了一遍，然后立马说道：

"老天啊，听起来像个狂欢节的名字！"

我不希望这个曲名勾起穆涅卡夫人的悲伤回忆。但是，我总是不自觉地被他人生命里戏剧化的经历所吸引。我一直希望我的音乐会能帮我实现一个愿望：让我结交更多的人，然后进入他们的家，窥探他们生活里的故事。

某天下午，我正在思考着关于发生在人们生命里的悲剧，忽然我发现餐厅里弥漫着烤乳猪的味道。于是，我对多莉说道：

"这乳猪的味道太难闻了！为什么不把它拿出去？真是可惜了这么优雅的餐厅……"

多莉恼火起来：

"难道乳猪不应该在餐厅出现吗？你难道想让我把它摆在

客厅里吗?"

烤乳猪就摆在不远处的餐具柜上。它被盛在一个蓝色的搪瓷盆里,上面盖着一块白色的餐布。多莉快步走出了餐厅,不过她很快就折返回来,对我说:

"我明白了,你也想分一块烤乳猪吃。"

我竭力为自己辩解,然而多莉却连珠炮似的朝我放话,想要盖过我的声音;她还试图抓住我的双手。我奋力躲开多莉的手,她却拼命想要抓住我,我们彼此间慌忙拉扯的姿势在空中留下一道道剪影。四只手在挥舞中扇出了一阵阵的风,扑在了我涨得通红的脸颊上。最后我把双手反剪到背后,不甘心地听多莉说道:

"听着,今晚十点,你到后街上来。到了后街上,你会看到一棵树,那棵树的枝叶非常繁茂,一直伸到厨房的窗口。我就不让你从前门进来了,因为我已经订婚了,不想这个时候传出什么闲言碎语。"

我想打断她的话,但她已经抓住了我的一只手。我粗鲁地甩下了她的手,正当我在反思自己的粗暴行为时,她继续解释着她的计划:

"你爬到树上去,然后十点钟的时候从厨房的窗口跳进来。我到时候会把乳猪准备好,除此之外还有一瓶红酒。我们可以好好放松一下。"

最后,我终于找到机会开口了:

"如果穆涅卡夫人知道了怎么办？您觉得我值得为了一块烤乳猪丢掉工作吗？"她吃惊地望向我。沉默片刻，她对我说：

"九点半的时候我会把熟睡的穆涅卡夫人扶上床，我甚至不用给她脱衣服，她可以就那样一觉睡到第二天早上。"

"怎么可能？她睡得那么沉吗？"

多莉放声大笑起来；她一屁股坐到了椅子上，踢掉了脚上的红鞋，然后把赤脚勾到了椅子腿上。她开口对我说：

"每次你一离开，她就开始喝红酒。吃晚餐的时候，她要就着红酒；吃甜点的时候，她也要就着红酒。等到她喝得酩酊大醉，我就把她弄上床。"

多莉注意到了我脸上的表情，语气变得激动起来：

"她反反复复地对我说，要规规矩矩做事；反复和我强调她的身份有多么尊贵；她还一直告诫我，不要和她的访客套近乎，甚至不许我和她的兄弟搭话。然后，她就醉得像只猪了。"

我低下了头，她立刻问道：

"所以你究竟决定了没有？到底要不要来吃乳猪呢？"

我开始编造一些拙劣的借口，以此推脱；其中最愚蠢的借口莫过于我告诉她：我害怕从树上掉下来。她很快就明白了我的意思，把嘴撇到了一边，俯身穿上了鞋子。临走的时候，她对我说：

"快滚吧,你这毛还没长齐的小东西。"

在不久之后的一个下午,当我来到穆涅卡夫人的家门口时,多莉并没有出来接待我,取而代之的是一位长着络腮胡子的男仆——他穿着马甲,里面衬衣的袖子上布满了条纹。他把一封信交给了我:里面附有我的薪水,还有穆涅卡夫人的一封信,她通知我以后都不用去了。

在那之后,我无所事事地度过了一段时光。我甚至一度产生了某种荒唐的念头:我要爬到后街的那棵树上去看看多莉。

一个夏天的早晨,我忽然被一阵沮丧的情绪击中,过往的所有失败回忆都涌上了我的心头。音乐会的成功举办并没有让我变得富裕起来,也没有给我带来其他任何我所期望的东西。就连结交新的朋友、借此踏入陌生的家门这样的愿望也落了空。我唯一踏足的陌生空间是那间带有昏暗餐厅的房子;我在穆涅卡夫人醉酒的故事里捕捉到了一点悲剧的气息,至于多莉,我觉得她的身上没有任何戏剧性可言。

有关这一切的思绪在我的脑海里缓慢发酵,我把双手背在身后,在普拉多的一条街道上散步。就在这时,我感到有人在我一只手的掌心里挠了挠。我转过身,多莉的脸庞出现在我的眼前。她对我说:

"我看到你从我家门口经过,我就一路跟着你过来了。"

"什么?您不在穆涅卡夫人家里工作了?"

"你说那个老太婆?恐怕她这辈子都忘不了我。有一天下午,我对她说:'您可以另请高明了,我明天就不干了。'她回答我说:'我现在又怎么惹到你了?'"

"然后,我就对她说:'您什么也没做,问题在于我,是我要结婚了……和您的兄弟。'我的话音刚落,她忽然浑身抽搐,口吐白沫;因为,就在那天的早晨,她刚把一套小房子转到她兄弟名下——就是我们现在住着的那套。"

我们一直慢慢地踱步,但当她提到"小蜘蛛"的时候,我停下脚步,定定地看着她。

她拉着我的一只手,说道:

"来我们家看看吧。这个时候,'小蜘蛛'一般都在工作。"

我挣脱了她的手,回答说:

"不了,改天吧。"

她勃然大怒,表情就和我拒绝爬树那天一样;她龇起嘴对我说:

"滚吧,滚吧,你这可怜的钢琴师。"

绿色的心

今天,我在这间房间里度过了一段快乐的时光。桌上的报纸被我扎满了针眼,不过这并不要紧。唯一感到遗憾的是,我得把桌上的那张报纸换掉——它铺在那里已经有一段时间了,我有点不舍得。报纸的纸张是绿色的,上面印着橙色的标题大字,配图是一张五胞胎的照片。当黄昏迫近,热浪稍稍减弱的时候,我因为步行过多而感到浑身疲惫,准备回到自己的房间。那天下午,我出门去支付了一笔用于购置冬季大衣的分期付款。生活让我有些沮丧,不过我在过马路的时候仍然小心地避让车辆,以防被撞到。在路上,我想起了我的房间,想起了报纸上的五胞胎那光秃秃的小脑袋,就像是一只手上的五个指肚。回到房间之后,一小圈灯光照射在彩色的书本上,我光着两条胳膊坐在桌前,打开了铅笔盒,取出了我的胸针。我在手中把玩着这枚胸针,直到手指发酸。然后,我心不在焉地把胸针扎在报纸上,正好戳在五胞胎的眼睛上。

起初,这枚胸针上的宝石只是海里的一块石头——在海浪的打磨下,它变成了心形。然后,有人把它镶在了一枚别针上——别针上带有一个马齿大小的四边形支架，宝石正好嵌在支架的中心。当我刚开始在指间把玩这枚胸针的时候，脑子里想的都是与它无关的东西。不过，忽然之间，我想起了我的母亲，紧接着，过往的回忆纷至沓来：马拉电车；糖果罐的盖子；有轨电车；我的外祖母；一位头戴纸帽、身上总是沾满细碎羽毛的法国女士，以及她那名叫伊沃内的女儿——那小女孩的打嗝声和尖叫声一样响亮；还有一个死去的鸡贩子；一个位于阿根廷某座城市的危险街区——有一年冬天我曾在那里过夜，当时睡在地板上，身上盖着报纸取暖；以及一个位于阿根廷另一座城市的高档街区——在那里过夜的时候，我得到了王子般的待遇，浑身盖满了绒毯；最后，还有一只鸵鸟和一杯咖啡。

这些记忆都住在我心里的某个角落，就像是一个失落的小镇：它自给自足，与世隔绝。这么多年以来，从未有人在那里出生，也从未有任何人死去。小镇的创始人是我儿时的回忆。然而，多年之后，一些外乡人来到那里：他们是我在阿根廷的回忆。在那个下午，我感觉自己回到了那个小镇，得到了短暂的休憩，仿佛是苦难赐予我的一段假期。

我童年的绝大部分时光都是在蒙得维的亚度过的，我家就坐落在这座城市最高山的山麓之上。每当人们走上我家所在的那条街，他们总是把身体往前倾，就好像在石堆里找东西；每当他们从街上下去的时候，总是把身体往后仰，看上去趾高气扬,就算被石头绊倒也不向下看。每到下午,我的姨妈会带我去堡垒附近的小山,从那上面可以看见码头上的船只,船上满是高矮不一的桅杆,仿佛插满了鱼骨一般。当落日的余晖点燃了堡垒里的炮火,姨妈就带着我下山回家。

一天下午,母亲说要带我去探望住在港口区的祖母,还说我们要坐有轨电车去。然而,出发当天的上午,我表现得很不好;大人让我去买盒装的淀粉,我却买回了散装的淀粉,最后被他们责骂了一通;不一会儿,大人又让我去买马黛茶,到了杂货店,我坚持要把马黛茶装在盒子里,售货员恰好和我家里的大人认识,所以帮我找了一个鞋盒装马黛茶;但我又犯了一个错误:我把买茶的钱原封不动地带回了家,大人们又因为我没有付钱而责怪我。过了一会儿,他们又让我拿着一比索去买面条;我把面条带回了家,却没有拿找回的零钱,因为我怕大人们又因为我把钱带回家而责骂我。我回到家,大人们发现我没拿找头,着急起来,又命令我回去拿落下的零钱;后来,杂货店的店员写了一张小纸条让我带回家,母亲看了纸条之后,终于平静下来。纸条上写着:"零钱夹在面条当中了。"

那天下午,家里所有的女人都想给我戴上那个浆过的大硬领,然后用金属扣把它钉在我的衬衫上。唯一能将它戴在我脖子上的是我的另一个祖母——不是住在港口区、把绿色心形胸针别在胸口的那位。这个祖母的手指短粗而滚烫,她在把手伸进衣领为我系扣子的时候，掐到了我脖子上的皮肤；有好几次，我被她掐得几近窒息，甚至难受得想吐。

我们走上街，在阳光的照耀下，我的漆皮鞋闪闪发光，每次踢到路上的石子，我都会心疼自己的鞋子。母亲拉着我的手，一路小跑起来。我的情绪高涨，问了母亲很多问题。当她不回答我的时候，我就自问自答。忽然之间，母亲对我说："你能安静一会儿吗？你嚷嚷起来就像那个头上长了七个角的疯子。"

不一会儿，我们就经过了那个疯子的家。那是一栋没有粉刷过的老房子。窗口的栅栏上挂着一串用金属丝系起的铁皮罐子，那个疯子就藏在栅栏后面，不断地朝过路的人吼叫。他体格高大，身材肥胖，身穿着一件格子衬衫。有时候可以看到他那身材瘦小的妻子试图让他闭嘴，可是安静不了多久，他又会继续声嘶力竭地大叫。

后来，我们又路过了肉铺：有好几次，我花了整个上午的时间在那里排队；排队的人都沉默寡言，唯有一只鸫鸟用嘹亮的歌声打破了寂静，不过它唱歌总是一个调子，我的耳朵都听起了茧子。

山脚下的街道上常有马拉电车通过；当电车到来之际，最先听到的是喇叭声，然后是马匹的嘶叫、铁链碰撞的脆响，以及长鞭落在马背上的声音。我登上电车，在两条长凳中选了一条坐下来，面朝着窗户。电车行驶了一段时间之后，就会路过小溪旁的一座冷冻加工厂,每到这时我就不得不用手捂住鼻子。有时,马匹会在电车过桥时发出嘶叫,这样一来,我就会忘记捂住鼻子,工厂里飘出的臭味立刻扑鼻而来。那天下午,母亲和我在巴索莫里诺下了车,然后母亲带我走进了一家糖果店,和店主聊起了天。她们聊了很久,店主忽然说:

"您的孩子在看糖果呢。"

她指着那些糖果罐向我问道:

"你想要这种……还是另外的一种?"

我对母亲说,我想要糖果罐的盖子。听到这,母亲和店主哈哈大笑起来。店主把一个不久前破掉的糖罐的盖子给了我。母亲不想让我拿着盖子上街;不过,店主帮我把盖子包了起来,用绳子绑住,还在上面拴了一个木制的小手柄。

当我们从糖果店出来的时候,天色已晚。我在街道中央看到了一段灯火通明的画廊,母亲拉着我一点点走近它,我一直盯着画廊上的彩色玻璃。母亲对我说,这是有轨电车。然而,我从后面慢慢跟上它,仍然觉得它就是一间画廊。就在这时,一阵铃声响起,"画廊"发出了一声巨大的叹息,然后开始缓缓向前滑动。起初,它几乎保持着静止的状态,我看到里面的人像橱窗里的玩偶那样一动不动。不一会儿,它就走远了。我和母亲最后没有赶上电车,只能看着它曲折地穿过树林,直至消失不见。

祖母的家位于港口附近的一条街上。进门之后，我们通过了一个很长的前院，又爬上了一段楼梯。接着，我们又穿过了餐厅，餐厅的桌上摆着一大盘点心。母亲让我一会儿不要向祖母讨点心吃。于是，我对祖母说：

"如果您要给我吃，我就向您要；如果您不给我，我就不要了。"

我的祖母被我逗乐了。她亲吻我的时候，我看到了她胸口的绿色心形胸针，我向她讨要，但她没有给我。在吃晚饭之前，她们让我和一个名叫伊沃内的小女孩玩耍。伊沃内的母亲头上戴着一顶报纸做的帽子，她的整张脸和胸前的三角围巾上都沾满了细小的白色羽毛。

那天晚上睡觉之前，我看见墙上映着一个明晃晃的小梯子：那是从百叶窗的缝隙里透进来的光在墙上投下的影子。后来我睡着了，半夜里，糖罐的盖子在枕头下被压得吱呀作响，后来又掉到了地上，发出的声响把其他人都吵醒了，唯独我还在呼呼大睡。

第二天，就在我喝着牛奶加咖啡的时候，每隔一会儿就能听到一种奇怪的尖叫声。大人对我说，那是伊沃内打嗝发出的声音；她似乎是故意发出这样的打嗝声的。

那天上午，伊沃内叫我去看后院天井对面房间里的一个死人。她的母亲不想让她去，因为她一直在打嗝。我望着她母亲头上戴着的那顶纸帽子，忽然发现那天上午她脸上沾着的羽毛是紫色的。然后，我又想起了那个死人。伊沃内对她的母亲说：

"妈妈，我们都认识那个死掉的人。他就是那个贩鸡的小老头。"

伊沃内向我伸出了手，我拉着她走了；我心里感到很害怕，所以紧紧握着小女孩的手。老人独自躺在那里，身上盖着一块薄纱。伊沃内不但一直发出像尖叫一样响亮的打嗝声，而且还试图吹灭所有围在棺木四周的蜡烛。她的母亲突然走了进来，抓住了她的一条胳膊，拉着她跑了出去；由于我紧紧地抓着伊沃内的手，所以我连带着被拖了出去。

就在那天上午，祖母把那枚绿色的心形胸针送给了我——就在几年前，这些旧时的回忆里融入了一些新鲜的记忆。

那时，我待在阿根廷的一座城市里，准备开一场音乐会。然而，筹备音乐会的负责人从一开始就把事情搞砸了，到最后再怎么挽回也于事无补。我花了很长时间把所有位于市中心的酒店信息从头到尾浏览了一遍，最后在郊外一个治安水平堪忧的街区里落了脚——我的朋友在那里租了一个房间，于是我去投奔了他。我朋友的父母给他送来了一张床，他把床垫让给了我。当时天气非常寒冷，我把身上大部分的钱都用来买了旧报纸。睡觉的时候，我把报纸全都铺在一张薄毯子上，又在上面盖了一件大衣——大衣是音乐会的负责人借给我的。有一天晚上，我发出了一阵剧烈的尖叫声，把我的朋友吵醒了；我也醒了过来，发现自己把一个枕头压在了墙上：我做了一个梦，梦见墙上有个洞，一个疯子透过那个洞笑眯眯地看着我——他的头上戴着一顶纸做的帽子。诸多回忆向我涌来，我不想再睡了，因为我怕那个噩梦会重复出现。我想起了伊沃内母亲的那顶帽子。

几天之后，我怀着忧郁的心情在市中心的灯光下散步，忽然之间，我做出了一个决定：我要把那枚绿色的心形胸针典当掉，拿了钱去看一场电影。那天晚上，看完电影之后，我鼓起勇气向另一位住在布宜诺斯艾利斯的朋友借钱；我已经欠了他很多钱，但我还是决定冒险再赌一把，因为我在邻近城市要举办的音乐会几乎已经筹备得差不多了。那晚，我又想起了伊沃内母亲的那顶帽子，于是决定托母亲去问一问那位女士，她为什么总是戴着一顶纸帽子，身上又为什么总是沾满了细小的羽毛。我的母亲很可能早就知道了。我还在信中提到，我记得以前经常看到那个女士拔着裙子上的什么东西，看起来就像在拔鸟毛。

拿到钱之后，我赎回了那枚绿色的心形胸针，然后启程去了邻城。在那里，一切从开始就很顺利；我顺利入住一家很舒适的酒店，他们给我安排了一间有三张床的房间：一张双人床，还有两张单人床。我告诉他们，我要一间单人房就够了，然而，他们告诉我说，这间房间就是为我一个人准备的，那三张床任我挑选。入夜，吃完一顿过于丰盛的晚餐之后，我选择躺在那张双人床上，并把三张床上所有的毯子都拿到了双人床上。房间里的家具因为过于陈旧而显得暗淡无光，镜子看上去模糊不清，几乎照不出光亮。

开完第一场音乐会之后，时间尚早，因此我有时间在商铺关门之前去买了几本书、几支做标记的彩色铅笔和一本漂亮的图书目录——之后应该能派上用场。一吃完晚饭，我就拿着书钻到了床上。就在这时，我又想起了电影——我无法抵御那股想看电影的冲动，于是我重新穿好衣服，出门看了一场老电影：电影里，一对相爱的人彼此交换了绵长的吻。幸福的感觉让我无法入眠。我走进一家咖啡馆，里面有一只看起来很温顺的鸵鸟，它迈着缓慢的步子，在桌子之间来回踱步。我漫不经心地盯着它，在指间把玩着我的绿色胸针。就在这时，那只鸵鸟向我扑来，啄走了我手里的胸针，然后吞了下去。我绝望地盯着那只鸵鸟，那枚胸针就像落入长袜里的鼓包，顺着鸵鸟的脖子滑了下去。我原本是想把胸针从鸵鸟的脖子里挤出来，这时，一位服务员端着咖啡走了过来，他对我说：

"您无须担心。"

"先生，我怎么能不担心！它可是我家的传家宝！"

"尊敬的先生，您听我说，"那位服务生一边说，一边举起一只手，就像交警在拦车，"这只鸵鸟吞过很多东西，但它总是能把东西还回来。请您放心，明天，最晚后天，我会把您的胸针完好无损地还给您。"

第二天,我在报纸上看到了关于我的音乐会的报道。然而,一篇头版报道的标题却这样写道——《钢琴家的驻留时间取决于一只鸵鸟》。

那篇报道写得非常幽默风趣。

就在同一天,我收到了母亲的回信。她在信中写道,伊沃内的母亲是以做各种颜色的粉扑为生的。当她把原料从袋子里拿出的时候,经常要用力扯,因为袋子里的羽绒常常被压得很紧。

隔天,咖啡馆的服务员给我送来了胸针,他对我说:

"先生,我和您说过,这只鸵鸟是很谨慎的,它会把吞下去的东西都还出来的。"

当我下一次来这座回忆的小镇休憩的时候,也许我会发现小镇的居民人数会随着回忆的增加而上升。几乎可以确定的是,那份绿色的报纸,还有那几个被我用胸针扎过眼睛的五胞胎将会在那里出现。

"金丝雀家具"

　　这些家具的广告是在我毫无准备之时突然袭来的。当时，我刚到邻近某地度完一个月的假，完全不想了解在这座城市里发生了些什么事。我回来时天气很热，当晚就去了沙滩。我回公寓的时间并不晚，但心情有点糟，都是被有轨电车上的事惹的。我是在沙滩那站上的车，坐在了靠过道的位子上。由于天气依然炎热，我就把外套盖到了膝盖上。因为我穿的是短袖上衣，我的胳膊就露在了外面。过道上有不少人，其中一个突然对我说：

　　"麻烦您……"

　　我快速回答道：

　　"不麻烦。"

　　可是我不仅没明白他的意思，甚至感觉有点害怕。在那一瞬间发生了许多事。首先，那位先生依然在不停地说着麻烦我之类的话，在我重复回答时，他用某种冰凉的东西摩擦我的手臂，我不知道那是什么，不过我当时觉得是口水。等到我停止回答"不麻烦"时，我感觉自己被扎了一下，又看到了一个写着字的大针管。与此同时，坐在另一个座位上的胖女人说道：

"下一个该轮到我了。"

我应该是猛地甩了下胳膊，因为我听到那个拿着针管的男人说道：

"啊呀！真抱歉……请平静点……"

其他旅客看到我的表情，脸上纷纷挂起微笑，他就在众人的笑容中猛地把针拔了出来，然后开始擦拭那个胖女人的胳膊，她十分高兴地注视着这一切发生。尽管针管很大，可那男人只是轻轻按了一下，注射的液体并不多。我就在那时读到了针管上的文字——"金丝雀家具"。

再后来，我不好意思问这究竟是怎么回事，于是决定改天到报纸上寻找答案。不过我刚下有轨电车就想道："应该不是什么强效药剂；如果这是种推销手段的话，它理应立刻起效才对。"不过我依然不清楚那到底是怎么一回事。我很疲惫，于是决定不去管它。无论怎样，我都确信政府是绝不会允许给公众注射任何种类的毒品的。在睡觉前，我又猜想他们可能是想让人们体验某种快感或舒适感。听到小鸟在我身体里鸣叫时，我还没睡着。那鸟叫声不是来自记忆，也不是从外面传来的。这种情况就像某种新疾病一样不正常。但它也带着点讽刺的意味，就好像疾病感觉很愉悦，放声高歌起来了一样。这些感觉一闪而过，然后就出现了某种更具体的情况——我听见脑袋里有个声音说道：

"你好，你好：'金丝雀'电台正在播报……你好，你好，这是一期特殊节目。能接收到这期广播的听众朋友们……"

我是光脚站在床边聆听这一切的，连开灯的勇气都没有；我跳了一下，变得坚强了起来。我觉得那玩意在我脑袋里响起是不可能发生的事情。我又躺回到床上，最后我决心再等等看。那时正在播报分期付款购买"金丝雀家具"的流程指导。突然广播里的人说道：

"第一个节目将是探戈表演……"

我绝望地钻进大毯子里；可这么一来我听得更清楚了，因为毯子隔绝了街上的噪声，于是我脑袋里的声音就更清晰了。我立刻掀开毯子，开始在房间里踱步；这让我放松下来一点，可我依然抱着种隐秘的执着，想聆听并抱怨那种不幸。我再次躺下，抓住床上的固定铁条，接着就又听到了探戈声，这次更清晰了。

很快我就上了街：我得寻找其他噪声，利用它们来阻断脑袋里的那个声音。我想买份报纸，想从里面找到那家广播电台的地址，我得问问怎样才能让注射的效果消失。不过此时刚巧来了辆有轨电车，我就上车了。没过多久，电车驶过一段轨道状况糟糕的路段，巨大的轰鸣声把我从另一首探戈舞曲中暂时解放了出来；不过很快我就往电车内部望去，我看到了另一个手持针管的男人；他正在给几个坐在横排座位上的孩子打针。我走了过去，问他怎样才能消除注射的效果，

当时离我被注射刚过一小时。他有些吃惊地看了看我,说道:

"你不喜欢听广播吗?"

"完全不喜欢。"

"请再等等,马上就要播放连载小说了。"

"糟透了。"我对他说道。

他继续完成了注射工作,然后摇了摇脑袋,露出微笑。我听不到探戈声了。现在他们又开始谈论家具了。那个忙着注射的男人终于对我说话了:

"先生,每份报纸上都有'金丝雀'药丸的广告。您要是不喜欢听广播的话,吃上一颗就行,立刻见效。"

"但这个时候所有药房都已经关门了!我就快疯了!"

就在那时我听到广播里传来这样一句话:

"现在我们将要朗诵一首诗,题目是《我亲爱的大椅子》,这首诗是特地为'金丝雀家具'而作的。"

那个男人凑近了一些,想偷偷给我说些什么,只听他说道:

"我知道另一种方法,可以帮您解决这个问题。我只收一比索,因为我看您是个正派人。这事要是传出去,我的工作就丢了,因为公司自然更希望多卖药。"

我催他赶紧把秘密告诉我。他伸出手说道:

"先交钱再说。"

他收了钱,说了一句:

"用热水泡泡脚就行。"

两个故事

六月十六日，几乎已至深夜，一个年轻小伙坐在小桌前，桌子上放着写作用的东西。他想要捕捉某个故事，把它锁死在笔记本里。他从几天前就开始想象写作时刻的激动心情了。他决意以极缓慢的速度来写那个故事，把他思想中最美妙的写作资源全都用上。那天早晨是这样开始的：他在一家玩具店帮工；他看着一面小黑板，黑板的一面挂着带有蓝红两色珠子的金属线，就在那时他突然想到要在当天下午开始写那个故事。他也记得另一个下午，他正构思故事中的一个细节问题，那家玩具店的老板直接指责了他工作上的懈怠。但是他的灵魂帮助他抹除了那些糟糕的记忆，他几乎记不起它们来。他依然心心念念那件让他感到如此幸福的事情，那件让他在结束工作后也不会觉得人生无趣的事情，那件让他感觉自由自在的事情；他任由自己的一小部分意识与外部世界一同延展，正是那种意识指引他往家走。在他任由那一小股力量指引前行的时候，他也在想着那个亲爱的故事；有时正是那同一种幸福感让他放下了一点令他愉悦的思想活动，转而去观察街道上的事物。他想找到些有趣的东西。不过他立刻就回到了故事上，然后继续任由那一小股力量指引他前行。

　　回到公寓后，他觉得要是在坐下开始写作前先休息一会儿可能会更好；但同时他又觉得自己的眼睛不停地东瞅西瞅，额头和鼻子则不停地磕碰门和墙，最后他还是决定坐到小桌前面来。小桌子不高，被漆成了胡桃色。坐下之后，他又不得不起身寻找笔记本，那上面记着故事开始的日期。

　　"五月十六日是个周六，我认识她时大概是晚上九点钟。不久前我想起了自己在那天晚上的样子，也想起了我当时的冷漠态度。我还想到，如果现在的我对那天晚上那个从她家出来的自己说要记下日期来——因为在那天发生的事是一件大事——的话，那么那个我一定会说现在的我是个废物，说现在的我已经掉入了庸俗的陷阱。不过，现在的我会嘲笑那时的我，而且完全不会去想他说得有没有道理；不止如此：他决意写那个故事就是为了要做点与她直接相关的事情，他写下了认识她的日期，就像一个普通的恋爱者会做的那样，因为这样做并不会让他像做别的事情那样为缺乏原创性而感到羞愧。最需要说明的是这一点：我是通过那晚陪着我的一位亲密朋友的帮助才推断出那个日期的，他那晚陪着我，所有的夜晚都陪着我，直到我俩都认定她爱的是我而不是他为止。"

　　写到这段时他停了下来，站起身子，开始在公寓里踱步。他溜达的场地很狭小——他本可以把小桌推开，这样空间会更大一些，但是他喜欢踱到桌边，看看他刚刚写完的段落。

他原本可以继续写下去，不过他感觉到了某种隐秘的焦虑：要写作时，一想到过去的事情，他就发现自己的记忆十分扭曲。他太想回忆那些事情了，却扭曲了它们。他想要极度精确地把它们讲述出来，但他很快就发现那根本不可能。于是那种不确定感、那种隐秘的焦虑就开始折磨他了。

如果说扭曲的记忆让他生出了隐秘的焦虑，那么还有种更加隐秘、更加私人的原因使得他在次日消除了那种感觉。那个原因和促使他认为写下那个故事对他而言是种需求、是他能体会到的最充实的快乐的原因相同。正是它使他忘掉了玩具店老板突然打断他愉快思考的那段糟糕记忆。他的灵魂把那个最深刻而澎湃的诱因藏了起来，正是那个诱因使他生出了写下故事的愿望。除此之外，他写下的文字永远都无法讲清楚所有那些道理，而他的灵魂正依赖于此才把那种诱因隐藏了起来。不过他要写那个故事，归根到底还是因为她已经不再爱他了。

"认识她之前的那个我由于疲惫而显得冷漠。如果我能更早认识她的话，如果我能更早把我的精力投入到爱她上来的话……不过由于我没能早些遇见她，我只能把那些精力用到思考上去。我想了很多，我认为自己发现了思想的虚无性和虚假性，而思想一向认为正是它在命运旅途中指引着我们。除了知晓此事之外，我继续想道，我的精力还在继续削弱我的思想，于是我就迎来了那种令人反感的疲惫。如今的我在爱情的不安中肆意休憩；然而从五月十九日开始——也就是那个故事开始的两天之后，直到六月六日——即我中断那个故事的日子，因为第二天一早我就离开了她居住的那座城市，在那两个日期之间的二十二天里，我在她那双蓝色的大眼睛里休憩；她两眼间、眉毛间的距离也很大；她眼睛里的那种东西仿佛就是从那片微蓝色、天蓝色的空间中落下，它让我休憩于我的思想中，让我能尽我所愿地爱她。"

尽管他的灵魂隐藏起了他写作的诱因，可能他还是能够感觉到那种离他如此之近的不幸。恰恰是他本人的灵魂阻止了她不爱他的印象变成一种思想，于是，除了想用所有可以解释他写作动机的东西来掩盖那种印象之外，他还希望依靠那些日期，因为他觉得以那种方式，也就是把日期固定下来的方式，实际上可以固定下时间，也就固定了她的爱意。但是六月六日的那个夜晚，在和她相处之后，在和我一起待在酒店房间里时，我看穿了他灵魂之中隐藏的那一丝疑虑：那是在他对我谈起她时，在谈起他不知道何时才能再见到她时，他死死地盯着日历，看到了我们正身处其中的数字为"6"的日子，他说道："可为什么是'6'呢？'6'就像一只坐着的动物……尾巴还拧成了螺旋状。"我就是在那时看穿那一丝疑虑的，他应当也是在那时感觉到那种离他如此之近的不幸的。

多年之前，那种想法开始折磨他的时候，他还休憩于那双蓝色的眸子中。

在他写于那个时期的东西里，我挑选出了我认为最能体现出他给我的那种感觉的三篇：《来访》《街道》《梦》。

来　访

今晚我必须处理某些想法。有时候我很累，我真想把它们丢下，不过那种想法只会持续短短一瞬间罢了；不过准确说来我是知道它们的重要性的，所以我没办法把它们丢下。我只有在被某人打断询问事情时才短暂休息；要是我想找点别的什么事干，我会强迫自己别给自己挖坑；要是发生了什么势必会打断我的事情的话，倒不如就抛下它们，尽管我得寻找机会；相反，哪怕机会出现了，我也乐得休息，可我还是会为自己被打断而感到遗憾。我小时候经历过类似的事情，我当时肯定是在无意识中学到了一课：咳嗽让我觉得高兴，因为它意味着折磨的中止，因为也许在我咳嗽时会发生某件重要的事情，把我从课程中解放出来；可如果我假装咳嗽，老师是会发现的。要是当时的我知道自己现在的样子，肯定不敢相信，如今我已长大，却强迫自己做某件事情，就好像老师存在于我体内一般。

她到我家来时天色已经晚了，她是和我的妹妹们一起回来的，她长着黄头发，脸不小，爽朗外向。同一天晚上，我向她坦白说，看到她的时候我可以从一些折磨我的想法中解脱出来，我都没留意到那些想法是什么时候溜走的。她问我都是些什么想法，我对她说都是些没用的东西，我说我的脑袋就像是个健身房，各种各样的想法都挤在里面锻炼身体，而她一来我家，所有那些想法就都跳窗跑走了。

街　道

今天我不断想起几天前经历的一件事。那天晚上我遇见了一个女人，我们两个走在一条荒凉的街道上。街两边是坚固的白墙：可能是工厂或仓库的外墙。一条条小径就像是从墙根生长出来的，十分静谧；可是那些同样像是从墙根生长出来的带着白色小灯罩的路灯看上去却有些滑稽。由于那天晚上没有月亮，那些路灯就成了唯一发光发亮的东西，它们照亮的似乎只是空气和静寂罢了。

我们缓慢前行。我请求她在一小段时间里别和我说话，因为我想思考一件事情；但是我无力思考，因为我发现每当一个路灯的灯光要消失时，另一个路灯的光就会接上，这种想法让我分了心。

我突然停了下来，向后转过身去，因为铁轨经过那条街道的尽头。

她在停下脚步之前还多走了几步，我不知道她在想些什么。不过我非常喜欢看列车驶过,也许正因如此我才转了身,想再看一次;不过那天晚上我并不想看列车驶过,我是下意识转身的;就好像在那一刻我的身体里有另一个人未经我允许就显露了出来,他是被列车的轰鸣声唤醒的。

不过我立刻感觉到体内出现了又一个人,他已经脱离我而存在了,他望的是之前我们前进的方向,他想要回到刚才的状态,想要推动我再次前行。

如果说这两个人没有感觉,想要逃走的话,那也是因为我,作为中心人物的我,拥有复杂而迷茫的灵魂。我发现这一点时想要吓唬那些人,我想回到现实中来,做些积极的事情:于是我看了看自己的双手。我立刻生出了一个念头,它就像是种可以助我回归常态的新方法:我要走向前,走向她,利用街道的偏僻去吻她。不过,在亲吻了她奇异的面庞之后,我产生了一种感觉,就像是我想转身去看列车的那种感觉——我发现我并没有吻她的意愿,我发现吻她的是向后望去的那个人。我立刻做出反应,想要重新变得积极起来,于是我拉起她的胳膊继续前行,这时我感觉自己也被人抓住了,是想要向前逃去的那个人抓住了我。走了几步之后,我停下来思考刚才发生了什么。我拿出一支烟来,把它嘬在唇间,由于火柴盒的擦火皮已经磨损了,我点火的举动只是徒劳,于是我把她留在了街道中央,开始借助墙壁擦火柴。

我俩走出那条街道后,我依然不时回想起在里面发生的事情。我感觉那条街道和之前不一样了；在某一面墙壁上留下了擦火柴的印迹，它留在了那里，伴着从墙根长出来的路灯一起。再晚些时候，就像是从梦里醒了过来一样，我明白了在那条街道里发生的事情，我想象那些坚固的白墙利用带着滑稽灯罩的路灯照射下的空气和静寂交换着眼神。不过，我说不出在那个夜晚，在那条街道里的空气和静寂到底是什么样子的。尽管我自以为在描写亲身经历过的事情时我写得越来越好了，但很遗憾，其实我写得越来越糟了。

梦

在一大段梦境中，我都身处一间卧室中，而且是在晚上。我坐的那把椅子靠近一张大床，在床上的几张毯子之间坐着个年轻女子。看不出她的具体年纪，算是在小女孩和小姑娘之间吧；她一直在动，调整舒适的姿势，玩一些她认为我会感兴趣的东西；我不相信她会对小女孩玩的东西感兴趣，不相信她通过那些活动能获得乐趣，也不相信自己会生出一种深邃而单纯的精神爱恋来，不过我知道她对我怀有的就是那种感觉。

她有时好像觉察到了我在想些什么，不过也只是顺便察觉到罢了：她喜欢我在她做那些事的时候盯着她。不过她突然中断了那场游戏，把脸凑到了我的面前；就在那时，她的脸上浮现出一丝带着悲伤、恳求和痛苦的神情；不过她又突然轻轻吻了我一下，然后继续玩之前的游戏；这让我觉得占支配地位的是她从游戏中获得的快乐，我对那场游戏完全没有任何概念，我只是装作对它感兴趣而已，就像是在孩童面前假装对他们做的事情感兴趣一样，实际上我们感兴趣的并非他们的游戏，而是他们本人。于是我就像看小女孩那样看着她，我原谅了她做的事情，就像是原谅那些不知道他们的行为冒犯到了我们的小孩子一样；她不停地动，同时与我所处位置相反方向还有一盏带绿屏的便携灯，时不时闪动的光亮和阴影同样令我感到心烦。我原谅她的方式也带着点邪恶劲儿，还带着点精心算计过的宽容，因为我知道只要我看着她玩一会儿游戏，然后请她吻我，她就一定会用热吻和蜜语来满足我。

然而，在我吻她的时候，我发现自己并不爱她，我并没有坦率地面对自己，我只是为了在自己深陷的复杂局面中找点乐子罢了；于是我吻到了她的脸颊上，那里已挂满她的泪水，我尽可能躲避那些泪水，因为如果没能躲开，我就感到自己有义务吮吸它们，那种液体越流越多，越流越咸。

忽然之间，我又坐到了紧靠着床的椅子上，不过又好像没有真的坐到床上，而是跟床还有段距离。我看到自己穿着件亮色衣服，坐在紧靠床的椅子上。

我坐回椅子上后，她离我近了些，我感受着周围的事物，却没留意到自己也在感受着她,此外我还有了种焦虑感。我突然发现自己在欣赏她,就像是发现我在做些自己并不喜欢做的事情。其他一些时刻,她在离我很远的地方玩耍,她做一切动作都不会发出任何细微的声响,那些动作就像是旧时的无声电影桥段一样。不过那时她留意到了那种沉寂和我的沉默——我什么都不该说——因为除了我在她的床边之外,那里还应该有她的男友,她的父母认可他们的关系,他们允许她和他交谈。

从床边离远时,我看到自己穿着件亮色衣服,坐在椅子上,我感觉没那么焦虑了,她和我从远处望见的那个"我"显得更和谐了。

在我离床很近的某个时刻,她抱着个数月大的男婴,男婴的脑袋很大;她玩着一张纸,突然把纸放到肩膀上,又包在男婴身上;那张纸紧紧地缠绕着;她的父母此时正位于旁边的房间里,从他们的床脚处俯下身子,他们从那里可以看到我们——因为连接两个房间的那扇门正开着。突然,女孩的穿着衬衫的母亲出现在我们房间,她对我说道:"我没想到您会取胜。"我为此受了多少罪啊!……我感受到了背叛以及那个承认了我的胜利、遭受到了背叛的人的痛苦……我的帽子一会儿在这儿,一会儿又跑到别的地方;我不起身离开的话就没法拿到它;不过我立刻说道:"听着,女士,"——我想到这样一个谎言——"我很爱您女儿的一个朋友;我来这儿的时候想的是您的女儿会给我一些那个我爱的女人的东西;我看见这里开着灯,就鼓起勇气敲了门,她让我进来了。我刚说完来此的目的,她就放声大哭了起来,我说的都是实情……"

"我醒来时,那个我曾想起过无数次的念头又涌上心头了:我开始留意到为何会发生那些事情,那些解决办法仿佛变成了我的筹码;她的父母被那张纸发出的沙沙声吵醒;她哭泣是因为得知我爱的是另一个女人,诸如此类。不过醒来时最让我震惊的是发现她的母亲其实正是我的母亲。

"我还记起了睡觉前和梦结束时发生的事情:我想着物理定律和人类生活的规律,我看到了自己的欲望,它们就像是飘荡在方形天空的云彩。在进入梦境时,那张网破了;不过我依旧在思考,仿佛它依旧完整——破碎的部分好像依然完整;有一幅画面完美地隐藏在另一幅画面背后,在那幅画面里,她的母亲就是我的母亲……"

那个年轻小伙不想慢慢地按事情的发展顺序来描绘它们;他也不想谈论那些与他爱着的女人有关的人——哪怕是她的家人。可是他突然想要描写她的鼻子,尽管他觉得这个想法很可笑。

"我经常会在离她很近的地方出现,我集中所有注意力,把所有的爱慕之情都倾注到对她鼻子的关注上。我还感觉许多飘荡在空气中的奇怪想法钻进了我的脑子里,然后从我的眼睛里出来,最后停留在她的鼻子上。于是我认为她坐的方式（直挺挺的），她抬头的方式（下巴前凸），还有所有肉体和精神上美好的东西——都是一种天然的诡计，能吸引别人的灵魂去崇拜她的鼻子。

"她的鼻子从她的面孔上脱颖而出，好似一个充满激情的愿望；可是那个愿望只是被遮遮掩掩地映射出来，而在被映射出来后又显得有些不起眼；而且它似乎是由不忠构成的。我从正面看着她，她那双蓝色的大眼睛眯了起来，她的鼻子被从那双眼睛里流出的眼泪搞得敏感了起来，因为它们在它上面停留、干涸；泪水在她的鼻尖汇聚成两颗极小的淡色印痕，闪烁着光芒。

"在我向她暗示我的那些充满激情的愿望时——不过我是借助语言表达出来的，那些话语就像引人发笑的羞涩男士第一次出来跳舞一样，注定要被她听到——她的双眼是闭着的，好像聆听那些话语的是她的鼻子，似乎观察一切的也是她的鼻子；在她从窗户上探出头去窥视街道上发生的事情时，她的鼻子似乎在等待着眼镜落到自己身上。

"我不能费心去想为何我需要解释今日我的脑袋里会涌现出如此可怕的想法。不过我能确定我想把那种想法灌注进这页纸张中。

"我首先坐到我的床上，看着被漆成胡桃色的小桌子；然后又看了看房间里的许多东西……我发现我希望描绘出我房间里所有东西的样子，为的是拖延记起那种想法涌入我脑海的精确时间；但我并没有太受罪，因为这是我第一次需要记起这件事。我突然感觉在我的灵魂中有一片敞亮的空间，有飞机在里面飞翔。姑且假设我看向内部和望向外部的目光是一样的；这样一来，由于眼睛是球体，它转过来看向内部时实际上也就是在望向外部，因此我是在漫无目的地看着房间里的物体的：我就这样看着那架飞机向内部驶去，在那片敞亮的空间中飞翔。

"最后的结果是，不经意地望向外部的那部分眼睛看到了——就像一个普通的恋爱者那样——一张她坐在胡桃色小桌前的照片；于是，我不再关注内部的那架飞机，而开始专注于那张照片了。再后来我想再次去看飞机，但它已经消失在那片敞亮的空间中了；于是我对自己说：'它会回来的，要是迟了，那也是因为它载上了什么东西。'它回来时，我不仅觉得它载了东西，还觉得那已经不再是同一架飞机了。我还感觉它冲我飞了过来，冲着那一刻中那个蠢笨的我飞了过来；我唯一做的就是从灵魂中的另一处扯来一块布，示意它按照指令飞行……但是我可能发出了停止飞行的指令，因为它径直飞到了我眼前，撞破了我的脑袋，撞破了愚蠢的我身上隐藏的万事万物。"

我认为我今天感受到的震惊持续了很久：我看到了故事里的那个年轻小伙，他对我说他不再想继续写那个故事了，他说也许他永远都不会再尝试接着写它了。

  我感到很遗憾，因为在搞到那些我觉得很有趣的信息之后，我却无法利用它们来写这个故事。不过，我把这些笔记保存得很好。我总能在它们中找到另一个故事：在一个年轻小伙试图捕捉到属于他的那个故事时，我的故事就在现实中成型了。